ぶらり平蔵

決定版⑧風花ノ剣

吉岡道夫

コスミック・時代文庫

本書は二〇〇九年五月に刊行された「ぶらり平蔵　風花ノ剣」を改訂した「決定版」です。

目次

#「ぶらり平蔵」主な登場人物

神谷平蔵《かみやへいぞう》　旗本千八百石、神谷家の次男。医者にして鐘捲流《かねまき》免許皆伝の剣客。旗本屋敷に乱入した御定法破《ごじょうほうやぶ》りの責を負い、江戸払いになる。

佐治一竿斎《さじいっかんさい》　平蔵の剣の師。妻のお福《ふく》とともに目黒の碑文谷《ひもんや》に隠宅を構える。

曲官兵衛《まがりかんべえ》　岳崗藩白石郷《たけおかはんしらいし》の郷士。無外流の剣客・辻月丹《つじげつたん》の高弟。

波津《はつ》　官兵衛の一人娘。岳崗藩の上士に嫁《か》するも離縁された出戻り。

曲太一郎《たいちろう》　分家の総領。曲一族の長老太佐衛門《たざえもん》の孫。

津山啓之助《つやまけいのすけ》　岳崗藩差立番頭《さしたてばんがしら》・津山監物《けんもつ》の次男。官兵衛の弟子。

能瀬吉十郎《のせきちじゅうろう》　曲道場の元師範代。官兵衛引退によって跡をひきつぐ。

弓削内膳正《ゆげないぜんのしょう》　岳崗藩筆頭家老。藩政を一手に掌握する切れ者。

妙《たえ》　弓削の側妾《そばめ》。普請組・桑田喜平治《くわたきへいじ》の跡取り娘。

戸田新次郎《とだしんじろう》　津山啓之助の幼馴染みで、曲道場の剣友。妙の元許婚《いいなずけ》。

杉内耕平《すぎうちこうへい》　岳崗藩徒《かち》目付。啓之助の剣の先輩。

渋井玄蕃《しぶいげんば》　岳崗藩大目付。杉内の上司。

辰巳屋甚兵衛《たつみやじんべえ》　岳崗藩一の富商。筆頭家老をそそのかし、九十九乗っ取りを画策。

古賀宗九郎《こがそうくろう》　元天満屋《てんまや》大番頭。東軍流の遣い手。弓削の食客として悪事に加担。

天谷八郎《あまやはちろう》　辰巳屋の用心棒・卍《まんじ》組の頭領。新陰流の剣客。

沖山甚之介《おきやまじんのすけ》　卍組・天谷配下の組頭。播州赤穂浅野《ばんしゅうあこうあさの》家の浪人。柳剛《りゅうごう》流の遣い手。

初音《はつね》　辰巳屋甚兵衛の妾《めかけ》。料理茶屋「葛廼家《くずのや》」女将。

小鈴《こすず》　紅梅町の妓楼「扇屋《おうぎや》」の娼妓。津山啓之助の馴染み。

新宮達之助《しんぐうたつのすけ》　弓削家の家士。弓の名手。

石倉権六《いしくらごんろく》　岳崗藩郡《こおり》奉行。

序ノ章　風花峠

風花峠《かざばなとうげ》は岳崗藩《たけおか》と、隣藩の境に聳《そび》える夜叉神岳《やしやがみだけ》の一角にある。

この峠の道はつづら折りの急坂になっているうえ、九十九川《つくもがわ》の渓谷と夜叉神岳の断崖に挟まれているため落石も多い。

さらに渓谷に架けられた吊り橋を二度も渡らなければならない。

吊り橋はちょっとした風でも吹くと、おおきく左右に揺れて、男でも恐怖で足がすくんでしまう者もいる。

女子供などは途中でしゃがみこんでしまい、動けなくなってしまう。

しかも、ときおり食いつめた浪人や無宿者の追い剝《は》ぎが出没し、金品を強奪するばかりか、女は攫《さら》って犯し、女衒《ぜげん》や宿場《しゆくば》の売女宿《ばいじよやど》などに売りとばす。

春は、冬のあいだ腹をすかせていた山犬や狼が旅人を襲う。

夏は陽射しがきびしく、驟雨《しゆうう》になっても雨宿りする場所もない。

晩秋の声を聞くと、この峠の名物の風花とよばれる小雨や粉雪が、あたかも花吹雪のように間断なく風に舞い、行く手も見えなくなる。

真冬は深い雪にとざされ、峠を越える者などめったにいない。

旅なれた行商人はどんな急ぎ旅でも、この峠越えだけは避けて日数をかけても遠く迂回《うかい》する者がほとんどだった。

ただ、この風花峠には関所がないため、道中手形がない駆け落ち者の男女、凶状もちの悪党、年貢に窮して国抜けする百姓たちは命がけで峠を越える。


——その日。

ようやく朝の爽《さわ》やかな陽射しが新緑の梢にふりそそぎはじめたころ、風花峠を越えて岳崗藩領にはいろうとしている侍があった。

編み笠をかぶっているため、顔はしかとは見えないが、上背があり、肩幅もある筋骨たくましい侍である。

無紋の薩摩《さつま》上布《じょうふ》の単衣《ひとえ》に野袴《のばかま》をつけ、足元は皮足袋《かわたび》に草鞋《わらじ》履きという旅装だったが、身分のある侍らしく差し料の鞘《さや》も柄《つか》の拵《こしら》えも立派なものだった。

この日は風も穏やかで、涼風がここちよく頬をなぶる。

峠のいただきは台地になっていて、熊笹や低い灌木《かんぼく》が生い茂ってはいるものの見晴らしはよく、一息つくには格好の場所になっている。

峠を登りつめてきた侍は編み笠をはずし、熊笹の茂みからチョロチョロと流れだす清水を両手ですくいとり喉をうるおした。

編み笠をはずした侍の頭は髷《まげ》も結わず月代《さかやき》も剃りあげていなかった。

どうやら主家をもたぬ浪人者らしいが、惣髪《そうがみ》をうしろできちんと束ねて括《くく》り紐《ひも》でまとめ、髭《ひげ》も綺麗に剃っている。

顔の色艶もよく、風采から見ても、落ちぶれた浪人者には見えなかった。

ひと息いれた侍が編み笠をかぶりなおし、岳崗藩領のほうに向かって峠道を下りかけたときである。

片側の密生した雑木林のなかから伊賀袴をつけた屈強な三人の侍が姿を現し、浪人者の行く手に立ちふさがった。

三人とも違鷹羽《ちがいたかは》の岳崗藩の定紋をつけた陣笠をかぶっているところを見ると、藩の郷方役人のようだ。

いずれも渋紙色に日焼けし、山犬も怖じ気づきそうな面構《つらがま》えをしていた。

一人は上役らしく、三つ紋付きのぶっさき羽織をつけている。

「それがしは岳崗藩の藩境を警備する山同心の小頭《こがしら》を務めておる山岡左内《やまおかさない》と申す者じゃ」

小役人らしいカサにかかった言いぐさだった。

「ほう、これはこれは、お役目ご苦労にござるな」

浪人はさり気なく目に笑みをにじませた。

「手前は作州津山《さくしゅうつやま》藩の浪人、古賀宗九郎《こがそうくろう》と申す者にござる」

「この峠を越えようという浪人者は凶状もちと相場はきまっておるわ。おおかた、どこぞで押し込み強盗でもはたらいたか、討手に追われる敵持《かたきも》ちの身だな」

頭ごなしにきめつけられ、古賀宗九郎と名乗った浪人者は失笑したが、怯《おび》えたようすは微塵《みじん》もなかった。

「これはしたり、それがしは用あって御城下にまいるところでしてな。けっして怪しいものではござらぬ」

丁重な物言いだったが、目には侮蔑《ぶべつ》の色がにじんでいた。

「ようういうわ。怪しくないとぬかすやつほど臭いものと相場はきまっておる。その用とはなんじゃ。申してみよ」

山岡左内が居丈高《いたけだか》に詰問《きつもん》した。

「それは、ちと子細《しさい》あって、しかとは申しかねる」

古賀宗九郎と名乗った浪人はにべもなく撥ねつけた。

「なにぃ、子細とはなんじゃ、子細とは。たかが素浪人の分際でもっともらしいことをほざくな」

山岡左内は目を怒らせ、恫喝《どうかつ》にかかった。

「ほう……」

山岡左内の恫喝に古賀宗九郎の態度が一変した。

「浪人とは申せ、それがしも武士の端くれ、いまの雑言《ぞうごん》は聞き捨てならぬ」

「ふん、よう、ぬかすわ」

山岡左内はせせら嗤《わら》った。

「食いつめ者の痩せ浪人が、えらそうに聞き捨てにできんなどと一人前の口をたたくな」

山岡左内は配下の同心に目配せし、刀の柄に手をかけると、恐喝を常習にしている悪党の本性を剝《む》き出した。

「見たところ、素浪人にしては衣服も腰の物もずいぶんと金がかかっておるようだの。どうやら、ふところには小判がたっぷりはいっているらしい」

舐めるような目つきで古賀宗九郎の身なりを品定めすると、にたりと卑しい薄笑いをうかべた。

「よかろう。急ぎの用とあれば目こぼしして通してやらんでもないが、ならば応分の関所料を差しだすことだな」

「ほう、関所料か」

宗九郎は口辺に冷ややかな苦笑をただよわせた。

「天下広しといえども旅人から関所料を召しあげる藩など聞いたこともござらんが、ま、よかろう。払えというなら払わんでもないが、いくらかな」

「こやつ、うだうだとへらず口をたたきおって……」

山岡左内はチッと舌打ちし、じろりと宗九郎を値踏みすると、

「本来なら、きさまのような胡乱《うろん》の輩《やから》は容赦なく引っ捕らえて厳しく吟味するところだが、おとなしく十両、いや、うだうだとよけいなことをぬかしたのが気に食わんな。二十両払うというなら目をつぶって通してやってもよい」

「二十両とは法外な。江戸なら二十両もあれば米が二十石買える。とても、そんな大金は払えん」

古賀宗九郎は揶揄《やゆ》するような笑みをうかべた。

「まずは五文が関の山だが、三人も雁首《がんくび》そろえて五文では日当にもなるまい。十文ならくれてやらんでもないぞ」

「な、なにぃ」

「ほう、物乞いなら十文でも文句は言わんはずだが、どうやら役目をカサにきての袖《そで》の下稼ぎのようだな」

「こ、こやつ！」

「それにしても、関所料とは小賢《こざか》しいことを考えたものよ」

古賀宗九郎は冷ややかな目を向けた。

「きさまらにくれてやる銭など一文もないわ」

問答無用とばかりに宗九郎は、山同心たちには目もくれず峠をくだりはじめた。

「お、おのれっ」

左内が怒声を発し、背後から猛然と斬りつけた。

転瞬、古賀宗九郎の腰が低く沈み、腰間から白蛇《はくじゃ》のように刃《やいば》が鞘走り、山岡左内の首に嚙みついた。

山岡左内の頭が陣笠もろとも宙にふわりと舞った。

頭をなくした山岡左内の胴体が路上に落ちてゴロリところがった。

血しぶきが霧のようにふりそそぎ、噴出したおびただしい鮮血がみるみるうちに路上に血溜まりをつくった。

古賀宗九郎は白刃《はくじん》を手にしたまま、あざけるような眼差しを二人の山同心にそそいだ。

「きさまらも同じ穴のムジナらしいな」

二人の山同心は刀の柄に手をかけてはいたが、なにがどうなったかもわからず金縛りになっていた。

「どうした。上役の敵を討つというなら相手になってやるぞ」

宗九郎は冷笑をうかべた。

「このまま、むざむざと仲間の骸《むくろ》を置き去りにしてもどれば藩からの咎《とが》めは免れまい」

「ううっ……」

「お、おのれ……」

二人は刀の柄に手をかけたまま立ちすくんでいた。

「よかろう。これまで旅人をさんざん泣かせてきたきさまらの供養だ。おれが地獄に送ってやろう」

古賀宗九郎の白刃が陽光を吸って煌《きら》めいた。

宗九郎の躰がどう動いたのかもわからず、刃がどう走ったのかもわからない、迅速の剣であった。

刀を抜きあわせる間もなく、一人は喉笛を跳ね斬られ、一人は肩口から斜めに深ぶかと斬りおろされて、悲鳴をあげる暇もなく、折り重なったまま路上に突っ伏した。

「ばかめが……」

古賀宗九郎は冷ややかな目で身じろぎもしなくなった二つの骸を見おろすと、刃の血糊を懐紙《かいし》で拭《ぬぐ》って鞘におさめ、なにごともなかったかのように平然と峠をくだっていった。

山颪《やまおろ》しの涼風にあおられた木の葉が、風花のように三人の屍《しかばね》のうえにハラハラと舞い落ちた。

第一章　紙の里

一

神谷平蔵《かみやへいぞう》は双肌《もろはだ》ぬぎになって曲家《まがりけ》の屋敷内の納屋の前で斧《おの》を手に薪割《まきわ》りをしていた。

着流しの裾を腰までからげ、素足に藁草履《わらぞうり》という下男のような格好だが、むきだしになった肩や腕、胸にも無数の刀傷の痕がある。

頭上には雲ひとつない初夏の青空がひろがっていた。

山里は冬の寒さもきびしいが、大気が澄んでいるだけに夏の暑さも江戸よりは厳しい。燦々《さんさん》とふりそそぐ真夏の陽射しを浴びながら、四半刻（三十分）も斧をふりつづけていると、汗がとめどなく噴き出してくる。

平蔵は斧を置いて一息いれ、腰にぶらさげていた手ぬぐいで汗を拭《ぬぐ》いながら夜叉神岳に目をやった。

夜叉神岳は岳崗藩の東南部につらなる山岳である。標高はそれほど高くはないが、鋸状に起伏する山嶺が人の侵入を拒むかのようにそそり立っている。

その夜叉神岳の山裾にひろがる夜叉神の森と、緩やかな起伏に富んだ丘陵地帯が九十九平《つくもだいら》である。

いま、九十九平の丘陵一帯は楮《こうぞ》や三椏《みつまた》の若木の生長期を迎えていた。楮も、三椏も晩秋を迎えるころになると根もとから鎌で刈り取られ、この里の特産物である九十九紙《つくもがみ》の原料になる。

切り出された楮の原木は三尺（九十センチ）余に切りつめ、大釜で一刻（二時間）ほどかけて蒸しあげられ、ここからは女たちも総出で手伝う。女房や娘たちはもちろん、足腰の達者な婆さんも総出になって蒸しあげられた楮の黒皮むきをする。

蒸したての原木は火傷しそうなほど熱いが、冷めてくると乾いて皮がむきづらくなるので手を水で冷やしてはむきつづける。平蔵も一度手伝ってみたが、黒皮よりも親指の皮がふやけて火ぶくれしてしまった。

綺麗にむいた黒皮は裏返しにした草鞋《わらじ》をくりつけた木枕に包丁の峰で押さえ

つけ、表皮を削りとりながら、傷のあるもの、腐れの見えるもの、赤い筋がはいっているものを取り除いていく。この皮むきをしたものを束にして吊るし、家の軒先から道端、稲を刈りとった空田などに長押《なげし》を作り、日干しにする。

半乾きになった皮を手返しにしては縛り直すのだが、雨に降られると皮が腐ってしまうので、空模様に神経を使う作業でもある。

表皮の下の緑色のアマ皮を残したものは「なぜ皮」とよび、アマ皮も削り落としたものは「白皮」というらしい。むろん「白皮」にするには技術もいるし、手間もかかり、紙になる歩止まりも落ちるから、売値の高い高級紙になる。

この「白皮」を使った紙は江戸や上方の問屋が、入手を競いあうほどの極上紙になる。

また「なぜ皮」を使った紙は墨や画料の味わいが出てくるというので書家や画家が好んで使った。

ただ、繊維に混ざり物が多いため虫がつきやすくカビも生えやすいので、書物など保存したい紙には「白皮」を使った高級紙が使われる事が多い。

平蔵は晩秋から冬にかけての、これら一連の作業を新鮮なおどろきの目で見てきた。

江戸では屑紙買いという商いがあるが、なるほど墨で真っ黒になった習字紙や書き損じの紙も粗末にはできないことが身にしみてわかった。

紙造りは手間がかかるだけに値も高く、屑紙を集めて漉《す》いた紙は「漉き返し」といって、墨の色が残った薄い鼠色をしている。

「漉き返し」は江戸の浅草に漉き屋が多く「浅草紙」とよばれ、もっぱら厠《かわや》の落とし紙に使われているが、それでも百枚一束で百文が相場である。

江戸の裏長屋の一ヶ月の家賃が五、六百文、東海道の旅籠《はたご》代が百八十文ぐらいだから、落とし紙の百枚百文はけっこうな値段である。

屑紙買いが商売になるのも当然と言えた。

平蔵の生家は禄高千三百石の徳川家の譜代旗本でも大身の口だったが、厠の落とし紙には節約して浅草紙を使っていた。

平蔵も外出するときの懐紙には御簾紙《みすがみ》を所持したが、長屋住まいをするようになってからは鼻をかむときなどはケチって浅草紙を使ったりした。

なにしろ平蔵が住んでいた長屋の住人のなかには、房事のときも浅草紙を使っている夫婦もいたようだ。

房事のときに使う紙は「御事紙《おんことがみ》」、または「閨紙《ねやがみ》」といって、簾《すだれ》のように透けるほど薄いことから「御簾紙」とよばれ、大和の「吉野和良紙《よしのやわらがみ》」と「三栖紙《みすがみ》」が名高い。

御簾紙の産地は九州の博多、唐津、長崎にもあって、これはどういうわけか「京花」とよばれている。

御簾紙や京花の最大の得意先は江戸の吉原遊郭と、長崎の丸山遊郭、それに京の島原遊郭などである。なかでも吉原遊郭には一夜の伽《とぎ》に数十両もふんだくる花魁《おいらん》を筆頭に、チョンの間百文の安女郎もふくめると、三千人前後の売女がいるというから使われる紙も膨大なものだった。

御簾紙や京花紙は大奥の局《つぼね》、大名や旗本の奥方や奥女中、裕福な商人の内儀や娘なども使う。

上質の白皮紙や雁皮紙《がんぴし》は公儀の役所、藩邸、寺社、商家などが文や経文、大福帳などの帳簿に使い、また芝居小屋や相撲小屋の番付、黄表紙本や浮世絵などにも使われるから、江戸で消費される紙の量は大変なものだ。

紙は金や銀などと違い、日々、消費されてしまう品だけに、米と同等の貴重なもので、かつ、絹や酒に匹敵する高価な商品だった。

しかも紙漉の技術は一朝一夕に習得できるものではないだけに、九十九村が山峡の僻地《へきち》にもかかわらず暮らしやすいのは紙漉のおかげだった。

　近頃では九十九村でも白皮を使って御簾紙を漉いている漉屋が何軒かあるが、問屋では九十九紙の名では売らず、京坂では京花、江戸では御簾紙の名で売買しているらしい。

　この屋敷の当主・官兵衛《かんべえ》はそれが気にいらないらしいが、商品としては御簾紙の利益がおおきいため、目をつぶらざるをえないのが現状だった。

　そのせいか、このごろは九十九村の漉屋のなかにも、御簾紙を漉いてみたいと思っている者がふえてきているということだ。

　そのうち「九十九御簾紙」の名で問屋にも通るようになる日がくるかも知れないと平蔵は思っている。

　晩秋から厳冬にかけて紙造りの難しさを目《ま》の当たりに見てきた平蔵は、この九十九村が「紙の里」とよばれていることがよくわかった。

　根もとから刈り取られた株は春になると芽吹いて、秋には一間半（約二・七メートル）から二間余（約三・六メートル）にまで生長する。

　九十九平の丘陵地帯は水はけがいいかわりに保水が悪く、水田耕作には不向きな土地である。

しかも地味が痩せているから、野菜などの育ちも悪い荒蕪地《こうぶち》だった。

曲一族はむかしから夜叉神岳一帯の山岳を猟場にしていた夜叉神族とよばれる剽悍《ひょうかん》な狩人の集団だった。季節によって住まいを移動し、狩りの獲物の肉は塩漬けにしたり干し肉にして蓄え、毛皮や鹿の角は里に運び、塩、穀物、綿布などに換える、いわば自給自足の民だった。

甲斐の武田信玄が塩の入手に腐心したように、夜叉神族にとっても塩は欠かすことのできない命の糧《かて》だった。

戦国時代、三河の領主となった松平家康から塩を仕入れていたことから、信長や家康の軍勢の道案内をしたり、甲斐や信濃の情報を入手する諜者《ちょうじゃ》の役目もしていた。

飛驒から美濃、信濃、甲斐、駿河にいたる山岳地帯を熟知し、険峻《けんしゅん》を苦もなく駆けめぐる夜叉神族の存在が家康にとっても貴重なものだったことは言うまでもなかった。

天下を平定した家康は、その功に報いようと夜叉神族の頭領である曲家の当主の八郎太《はちろうた》に、上野《こうずけ》か下野《しもつけ》の地で二千石をあたえ旗本にとりたてようとした。

しかし、八郎太は山の民がいまさら裃《かみしも》つけての城勤めは向かないと固辞し、かわりに夜叉神岳を背にした九十九平の地に住まうことを望んだ。

家康はその望みを叶《かな》え、曲家に永代郷士の身分を約束するとともに九十九平を曲家の永代私有地としてあたえ、村の大庄屋とした。

曲八郎太が一族が永住する地として九十九平を望んだのは、この一帯に自生する楮や三椏と、隣接する夜叉神の森に漆《うるし》や櫨《はぜ》の木が多いことに目をつけたからだと伝えられている。

山の民である夜叉神族は狩猟のほかにも紙漉や漆取りのコツを熟知していたし、櫨の雌木に成る実から木蠟《もくろう》を造る術《すべ》にもたけていたからである。

狩りで獲れる鳥や獣だけでは安定した暮らしは望めないが、紙や漆や櫨蠟は泰平の世になればなるほど需要がふえると八郎太は予見していたのだろう。

八郎太は楮の木が陽あたりがよく、水はけのよい緩やかな斜面を好むことを知っていた。

緩やかな丘陵がつづく九十九平に自生する楮を紙に漉くことによって一族の命の糧にしようときめたのだという。

この話を聞いたとき、平蔵は「なんと、たいした人物ではないか」と思わずにはいられなかった。

曲八郎太の先見の明のおかげで、白石郷《しらいしごう》九十九村に住まう百八十人余の民は田畑に頼らなくても、暮らしに困ることもなく過ごしてきたのである。

九十九村は上ノ庄、中ノ庄、下ノ庄に分かれているが、村民はすべて曲一族の家人という特異な村落である。

東の上ノ庄から西の下ノ庄まで三里（十二キロ）余、田畑はすくなく、村民の暮らしはもっぱら紙と漆と櫨蠟に頼っていた。

村の主産物である九十九紙は筆のすべりがよく、墨の乗りもよいので書家にも好まれ、江戸はもとより上方からも引き合いが絶えなかった。

その後、曲家は西国の山地に自生する雁皮の木が良質の紙造りに向いていることを聞いて、山の民の仲間から苗木と種を譲りうけ、九十九の地に移植してみたのである。

雁皮の移植はなかなか難しく、生育を見るまでに二十数年をついやしたそうだが、九十九平の東南に広がる夜叉神の森が生育に向いていることがわかり、ようやく雁皮紙にも目途をつけることができた。

雁皮紙は薄くて光沢があり、手ざわりがなめらかで、紙魚《しみ》や湿気にも強いため大名家はもとより、大奥の局や吉原の花魁にも人気があり、問屋でも競って高値で買い取ってくれる。

また雁皮と楮と三椏を混ぜて漉いた「鳥の子紙」は越前武生《たけふ》の名産として知られているが、九十九村でも鳥の子紙を漉く者が出てきて高値で売れるようになっていた。

曲家はこれらの良質の九十九紙と、生漆、櫨蠟などの産品の管理と売買を掌握し、収益から年貢を納めている。

岳崗藩も九十九平からもたらされる紙、生漆、櫨蠟からあがる租税が毎年藩庫をうるおしてきたおかげで、何度も窮地を救われてきた。

そのため藩では曲家の当主を上士あつかいにし、正月や藩主が国入りしたときなどは拝謁することを許している。

二

平蔵がこの曲家の食客になってから十ヶ月あまりになる。

食客というと聞こえはいいが、つまりは居候《いそうろう》である。

曲官兵衛は岳岡藩白石郷の郷士でもあるが、無外流の達人としても知られた剣士だった。歯に衣着せずものを言い、権門に媚《こ》びぬ剛直の士でもある。

そのため、人によっては「官兵衛のヘソは七曲がりだ」と陰口をたたいたり、上士のなかには面と向かって「七曲がりの官兵衛」と揶揄《やゆ》する者もいた。

前藩主の忠高《ただたか》はそんな官兵衛の気性を好み、藩の剣術指南役に迎え、城下の塗《ぬ》師町《しちょう》に道場をあたえ、藩士のなかで武芸熱心な者をえらんで門弟にしたが、十二年前に体調をくずし、隠居して江戸の中屋敷に住まうようになった。

それをしおに官兵衛も指南役を辞し、生家のある白石郷九十九村にもどったのである。

平蔵も鐘捲流《かねまきりゅう》の免許皆伝を受けた剣士だが、去年の夏、余儀ない事情から江戸を離れる羽目になった。

あてもなく東海道をくだり、伊豆や箱根の湯宿に逗留して思案してみたが、これという目途もたたなかった。

あちこちからもらった餞別《せんべつ》で当分は旅費に困ることはなさそうだった。

しかしながら、いくら義憤にかられたからとはいえ、白昼、公儀の普請奉行を務める旗本・駒井《こまい》右京亮《うきょうのすけ》の下屋敷に踏みこんで十八人もの侍を斬ったとあれば死罪を申しわたされても当然の暴挙である。

それが江戸払いですんだのは駒井右京亮が収賄の罪に問われていたからということもあるが、兄の忠利《ただとし》の配慮があったからこそである。

兄や知人から過分の餞別をもらったので、一年や二年は費《つい》えに困るような心配はなかったが、だからといってぶらぶらと無為徒食の旅をつづけるという気にはなれなかった。

熱海の湯宿に投宿し、湯につかりながら、

（さて、どうするか……）

と思案にくれていたとき、平蔵の剣の師でもあり、親がわりのような存在でもあった佐治《さじ》一竿斎《いつかんさい》のことを思い出したのである。

一竿斎は江都《こうと》五剣士に数えられたほどの達人で、紺屋町《こうやちょう》の道場はその剣名を慕って集まってくる門弟でひしめきあっていた。

一竿斎は剣一筋に生きてきたような人だったが、五十四歳になって初めて妻を迎えた。幕府の書院番を勤める石川重兵衛《いしかわじゅうべえ》の娘で、お福《ふく》という二十三歳になる娘だった。お福はその名にふさわしい温和な気性の娘だったが、五尺六寸（百七十センチ）という男勝りの大柄な躰が敬遠され、嫁《ゆ》き遅れていたところ仲立ちする人があった。

道場の後ろ盾でもあった、その人の顔を立て、見合いしたところ、どういう風の吹き回しか一竿斎は一目で気にいり、お福を娶《めと》ることにしたのである。

「そのような若いご新造をもたれては、お命をちぢめることになりはせぬか」

と案じる門弟も多かったが、

「男の五十は壮年じゃ。権現《ごんげん》さまなど七十を過ぎても閨事《ねやごと》にはげまれたというではないか」

一竿斎はこともなげに一笑した。

門弟たちの杞憂《きゆう》を吹き飛ばすかのように、お福を迎えてからの一竿斎は顔の色艶もよくなり、稽古をつけるときも手を抜くということは微塵《みじん》もなかった。

お福はおおらかな気性にもかかわらず、こまめに弟子たちの面倒を見てくれたから、平蔵のような若い弟子は母か姉のように甘え、慕っていた。

ことに小さいころに母を亡くしていた平蔵は、

「おれも嫁をもらうなら、お福さまのようなひとがいい」

と思ったものである。

ところが、お福を妻にして一竿斎の心境に変化が生じたらしく、六十の声を聞

いて間もなく、門弟を集めて、

「もはや、剣をふりまわす年でもあるまい」

そう告げると、高弟の宮内耕作《みやうちこうさく》に道場をゆずり渡し、目黒の碑文谷《ひもんや》に隠宅をかまえ、お福と二人で移り住んだのである。

そのころ、平蔵はすでに免許皆伝を受けていたが、一竿斎は平蔵にとっては剣の師であるばかりでなく、父のような存在でもあり、お福は姉にひとしいひとでもあった。

師が碑文谷の隠宅に住まうようになってからも、しげしげと足を運び、師と酒を酌《く》みかわすのを楽しみにしていた。

道場にいたころの師とはちがって一竿斎も平蔵の来訪を喜び、平蔵と囲碁に興じたり、夜を徹して酒談で明かしたこともたびたびあった。

そうした酒談の合間に一竿斎は、岳崗藩領の九十九平に隠遁《いんとん》している曲官兵衛という剣士のことを語ったのである。

「官兵衛どのは無外流の辻月丹《つじげったん》先生の高弟でな。辻先生に引き合わされてわしと知りおうた仲だが、妙にウマがあっての。九十九にもどってからも文を絶やしたことがない無二の間柄じゃ。権力に媚びず、歯に衣着せずものを言う御人だけに煙たがるものも多いが、そちのような男にとっては起居を共にしているだけで得るところがある御仁《ごじん》だ。機会《おり》があれば訪ねてみるとよい」

――どんな人物だろう。

という関心はあったものの、そのころは身辺多忙のまま、忘れてしまっていた。

だが、熱海の湯宿で無聊《ぶりょう》をかこっていたとき、ふとそのことを思い出した。

――もしやして……、
いまが、その機会かも知れぬと思って訪ねてみることにしたのだ。

平蔵は鐘捲流の剣士で、無外流とは流派がちがう。

流派がちがえば、道場の敷居もまたがせず、無理おしすれば道場破りとみなされて決闘沙汰《ざた》にもなりかねない。それは平蔵の本意ではなかった。

門前払いを食えばそれまでの縁だと思っていたが、平蔵が一竿斎の弟子だと聞いた官兵衛は、

「そなたのことは一竿斎どのからよう聞いておる。わしが教えることなど何もありはせぬが、ま、気のすむまでゆるりと遊んでいくがいい」

と、快く受け入れてくれた。

曲家の敷地はおよそ千百坪、入母屋《いりもや》造りの屋形と、渡り廊下でつながっている

八畳間と六畳間の離れ部屋がある。

母屋には台所と風呂がある三和土《たたき》の大土間に面して、全員がそろって食事をする囲炉裏《いろり》をしつらえた広い板の間があり、ほかには官兵衛の居室と一人娘の波津《はつ》の居間がある。

むろん、ほかにも二人の女中と作造《さくぞう》という下男の部屋、それに客を迎えたり、一族が会合をひらくときに使う広間がある。

厠は母屋の廊下の端にあって、そこから不時の客を泊めるための二間つづきの離れ部屋と渡り廊下でつながっている。

平蔵はこの離れ部屋をあてがわれた。

敷地内には穀物蔵や武器庫、この里の特産物である九十九紙を保存しておく五棟の木造の紙倉があり、五十坪ほどの剣道場のほかにも矢場や馬房まであるが、土塀に沿ってさらに二棟の長屋が建てられている。

その一棟には用人の小日向《こびなた》惣助《そうすけ》と妻の荻乃《おぎの》が、もう一棟は棟割長屋になっていて五人の内弟子が起居している。

平蔵は離れ部屋に起居することになったが、もともと内弟子になったつもりだったから、とりあえず束脩《そくしゅう》がわりにと所持金を差しだすと、

「そのような斟酌《しんしゃく》は無用だが、それでは気がすまぬとあれば惣助にあずけておくゆえ、入り用のときは惣助にいうがいい」

と官兵衛はこともなげに笑った。

つまりは内弟子あつかいではなく、曲家の客分として受け入れてくれたということになる。

しかし、あくまでも平蔵は内弟子として官兵衛を「先生」と呼ぶつもりでおり、そう申しでたが、

「そなたの師は一竿斎どの御一人《おひとり》、わしは一竿斎どのの友。その友の愛弟子《まなでし》とあらば、わしにとっては客人、相対《あいたい》ずくでよい」

相対ずくとは「おれ、おまえ」の仲をいうが、まさか、そういうわけにもいかないから「官兵衛どの」と呼ぶことにした。

三

平蔵はあてがわれた離れ部屋の掃除はむろん、汚れ物の洗濯ぐらいはするつもりだったが、官兵衛の一人娘の波津が「平蔵さまの身のまわりのお世話はわたく

しがするようにと、父から申しつけられております」と言い張ってきかない。掃除はともかく、小便で黄ばんだふんどしを、年頃の娘に洗わせるのはなんとも気が咎《とが》めた。

「このような、むさいものを波津どのに洗わせるわけにはいかぬ」と断ったが、波津は「むさいから洗ってさしあげるのです」と涼しい顔でひっさらっていってしまう。

波津は今年二十一歳になる。

何年か前、藩の上士のもとに嫁《とつ》いだものの、婚家から離縁されて二月《ふたつき》とたたぬうちに出戻ったのだと、城下の商人から聞いたことがあるが、人の噂《うわさ》というものはアテにならぬものだと相場はきまっている。

人は他人の幸《さち》を妬《ねた》み、不幸を喜ぶ性癖がある生き物でもある。いずれにせよ、そんな過去の負い目を微塵も感じさせない明るさと、気丈さが波津にはあった。

化粧をしたことがない波津の素肌は健《すこ》やかな淡い蜂蜜色《はちみついろ》をしていて、黒ぐろと澄んだ双眸《りょうめ》が清々《すがすが》しい。頰の肉はきりっと引き締まり、すこし厚めのふっくりした唇をしている。

狩人の民である夜叉神族は険しい山岳を鹿のように敏捷に駆けめぐり、梟《ふくろう》のごとく夜目が利き、獰猛《どうもう》な獣にも臆せず立ち向かうというが、波津もその血をひいていることはたしかだった。

平蔵といっしょに山にキノコや野草を摘みにいったときも、険しい斜面を息も切らさず登り降りする雌鹿のような俊敏な足腰をもっている。

また、風向きや雲のようすを見て的確に驟雨《しゅうう》を察知したり、山にひそむ鳥や獣をいち早く見つけだす狩人の目鼻をもっている。

官兵衛が狩りでもちかえった獲物をさばくときも、波津は怯《ひる》むことなく刃物を手に臓物をとりだし、皮を剝《は》ぎ、血洗いもする。

暗夜でも提灯《ちょうちん》をもたず外に出かけるし、暴れ馬も平気で乗りこなす。

汗ばんだときは一糸もまとわず川で泳いだり、井戸端で人目も気にせず水を浴びたりもする。

傷の手当てをするときも、眉ひとつ動かさず傷口を焼酎で洗うし、さらにおどろいたことには釣り糸を使って傷口を縫合する術も知っている。

「だれに、そのようなことを教わった」

と聞くと、波津はこともなげに、

「この里には医者がおりませぬもの。見よう見まねでおぼえただけです」

と、言ってのけた。

たしかに、この村には「笠間の拝み婆」とよばれている呪《まじな》い婆さんのほかには医者というものが一人もいなかった。

城下には藩公や上士を相手の御典医のほかに町医者も一人いるが、往診を頼むと駕籠代のほかに往診料、診察代、薬代と法外な金をとるから、かかるものはめったにいない。

平蔵が江戸で町医者の看板をあげて患者を診ていたことを知った村人は、これさいわいとばかりに病人や怪我人がでると、すぐに「せんせい、せんせい」と平蔵を頼りにするようになった。

平蔵は往診料はもちろん、診察代も薬代もいっさいとらない。

おかげで曲家の食客になった当初は「また、江戸から剣術使いが一人きた」ぐらいにしか思っていなかった村人たちの平蔵を見る目も変わってきた。

そうした往診のときも、波津はかならずついてくる。

平蔵が土地に不案内ということもあるが、治療のときにはまめまめしく手伝ってくれるから、平蔵もおおいに助かっている。

波津は女盛りにもかかわらず、綿の着衣を襷《たすき》がけにし、裾をからげて素足のまま、きびきびと家事をこなしている。

髪は洗いっぱなしにし、うなじの後ろで束ね、紐《ひも》で結わえ、端は腰のあたりでそいである。

紅白粉《べにおしろい》などの化粧はせず、いつも素顔のままで通している。

遠目には男とみまがうような身なりだが、波津は気にもとめない。

「すこしは女子《おなご》らしゅうしたらどうじゃ。化粧しろとまでは言わぬが、十四、五の小娘ならともかく、二十一にもなって髷《まげ》も結わず、裾っからげのまま素足でうろちょろしておっては婿《むこ》取りはおろか、嫁のもらい手もおらぬぞ」

ときおり父の官兵衛からも苦い顔をされているが、

「身なりなどどうでもよいことではありませぬか。見た目でとやかく申されるような方なら、わたくしのほうからお断りいたします」

波津は涼しい顔で反論し、父の苦言など聞こうともしない。

「どうやら、わしは娘の育て方をまちごうたようじゃ。いつの間にあんなじゃじゃ馬になってしもうたのかの」

官兵衛はそう愚痴をこぼしているが、波津は武家の娘らしく挙措や言葉遣いもきちんとしているし、家事も嫌がらずキビキビとこなしている。

そればかりか、官兵衛に「女子でもおのれを守る術《すべ》ぐらいは身につけておけ」と言われて七つのときから始めた剣術も、なかなかの腕前である。

チャラチャラと着飾っては、やれ芝居見物だの花見だのと出歩き、顔をあわせては、男の品定めに余念がない江戸の女子どもより、波津のほうがよほど好もしいではないかと平蔵は思う。

平蔵は波津と二人で、よく馬で遠乗りをするが、着流しのまま裸馬にまたがり馬を追う波津には、江戸の女子にはない野性美を感じる。

たまに道場で波津の稽古相手をすることがあるが、平蔵に木刀をたたき落とされると、悔しがって組み討ちを挑んでくることがある。

足払いをかけ組み敷いてもムキになってもがく、四方固めに押さえこんでも波津は「まいりました」とは言わず、悔しそうに唇を噛みしめ立ち向かってくる。

そういう波津の勝ち気さも、また好もしいと平蔵は思う。

だいたいが平蔵も武家の規範にはまらず生きたいように生きてきた男だから、女子はかくあるべしという世の中の不文律にはまらない波津の気性を好もしく感じるのだろう。

とはいうものの波津は年頃の娘らしく、平蔵から江戸の話を聞きたがる。

それも繁華街や芝居小屋などの話よりも、平蔵が住んでいた長屋の住人の暮らしぶりのほうがおもしろいらしい。

ことに竹馬の友の矢部伝八郎《やべでんぱちろう》のズッコケ珍談のたぐいは何度でも聞きたがるあたり、官兵衛のいうとおり波津にはじゃじゃ馬の素質があるのかも知れない。

今朝も平蔵が内弟子相手の朝稽古をおえて、中食をとってから部屋でごろりと横になっていると、襷がけになった波津がおしかけてきた。

「今日はお天気もいいようですから、お布団を日干しにいたしますからね」

たまにはのんびり昼寝でもしたいと思ったが、言い出したらきかないのが波津の性分である。

うんもすんもなく部屋を追い出されてしまった。

このあたりが居候のつらいところで、なにもせずに屋敷をうろうろしているのも気が咎める。

「なにかすることはないか」と物色しながら母屋の裏手に出てみたら、下僕の作造が薪割りをしているのが目にとまった。

日頃、木刀の素振りには馴れている。素振りも薪割りも似たようなものだ。

これ、さいわいとばかりに作造に頼んで薪割りを引き受けたものの、木刀を振るのと斧を振るのとは、似て非なるものだった。

腕の使い方もちがえば、腰の使い方もちがう。

木刀は剣先を自在に走らせるために手首をしなやかに使うが、斧は腕の使い方はきまっていて、ひたすら斧をふりあげては、ふりおろすだけのことだ。

ただし、木刀と斧では重心の位置が異なる。

木刀は真剣とおなじく、物打ちとよばれる刀身の中程に重心があるが、斧の重心は先端にある。

しかも刃に厚みがあるから、ふりあげるのにも腕や腰の使い方がちがう。

おまけに薪割りにする丸太は山のように積んである。

これを残らず薪にするには何日かかるのだろうと思うと、いささかうんざりしてきた。

納屋の庇《ひさし》の下でうずくまっていた飼い犬の獅子丸《ししまる》が気の毒そうな目つきで平蔵を見つめている。

獅子丸は官兵衛が飼っている二匹の猟犬のうちの一匹で高知犬《こうちいぬ》の雄である。

毛色は黒く、体高は二尺（六十センチ）余、がっしりした体型で熊や猪にも怯むことなく立ち向かっていく勇猛果敢な猟犬だが、ふだんはきわめておとなしい。

猟犬というのは狩人の耳目でもあり、勢子《せこ》の役目も果たす、かけがえのない存在でもある。

猟犬は音を聞き分ける能力に卓越しているため、狩人の吹く犬笛、指笛や草笛などを聞き分け、なにをなすべきかを瞬時に判断し、機敏に動く、狩人の手足のようなものでもある。

餌も自分が仕留めた獲物でも、主人があたえてくれるまで口にしない。

また猟犬は獲物を狩りたてるときや、怪しい侵入者を発見したときか、雌雄が交尾するときのほかは唸《うな》り声も発しないように躾《しつけ》られている。

優れた猟犬は素質も大事だが、育てるのには家族同様の愛情と根気がいる。

そのため曲一族の狩人は諸国から金に糸目をつけず優れた猟犬を常に補充しているが、獅子丸は官兵衛がもっとも大事にしている猟犬だった。

この春、獅子丸が眉間《みけん》を牡鹿の角にかけられ大怪我をしたとき、平蔵が三日間つきっきりで治療してやった。

以来、すっかり平蔵になついて姿を見ればすり寄ってくる。

平蔵が丸太に腰をおろし、獅子丸の頭を撫でながら一息いれていると、母屋の裏口から波津が小走りに駆け出してきた。

「平蔵さま、茂吉《もきち》が百足《むかで》に咬《か》まれたんですって」

紺絣《こんがすり》の単衣《ひとえ》を襷がけにし、裾っからげに素足という勇ましい身なりだったが、いつもの波津らしくなく、声がうわずっている。

茂吉は近くに住んでいる紙漉職人の吾平《ごへい》の子で七つになる腕白坊主だ。

百足に咬みつかれたぐらいで騒ぐこともあるまいと思ったが、波津はあたかも自分が毒蛇にでも咬みつかれたかのような顔をしている。

波津は獰猛な猪や山犬の牙にも怯まない気丈な女だが、蛇や百足のように音もなく這いまわる生き物を見ると鳥肌が立つのだという。

そのせいか外傷や骨折などの手当ては嫌がらないが、毒蛇や毒虫に咬まれた者の治療は一度もしたことがないらしい。

「咬まれたのはどこだ」

「足の裏ですって」

「だったら、心配することはない」

「平蔵さまはお医者さまでしょ。ちゃんと診《み》てやってくださいまし」

波津は眉を吊り上げ、口をとがらせた。

「わかった、わかった。すぐ行く」

平蔵は斧を薪割り台に置くと、手ぬぐいで汗を拭い、脇差しを腰に差し、母屋の裏口に向かった。

四

台所の土間にはいってみると、上がり框《かまち》に仰向けになった茂吉が泥だらけの足をバタバタさせて泣きじゃくっていた。

荻乃や女中たちが懸命になだめようとしていたが、茂吉は泣きわめいて寄せつけようとしない。

「このばかたれがっ！」

母親のおたねが金切り声をあげ、茂吉の頭をピシャピシャひっぱたいた。

「男のくせにピィピィ泣くんじゃねぇ！」

「よさんか、おたねさん。百足に咬まれたうえに怒られたんじゃ茂吉もたまったもんじゃなかろう」

平蔵が止めにかかると、途端におたねはおろおろ声になって飛びついてきた。

「せ、せんせい。茂吉のやつ、だいじょうぶじゃろか」

さっきの剣幕はどこへやら、はだけた野良着の胸から乳房がはみだしているのもかまわず、平蔵にむしゃぶりついてきた。

「なに、百足ぐらいで死にはせん」

おたねをなだめながら、茂吉の前にしゃがみこんだ。

「おい。咬まれたのはどこだ」

「こ、ここ……ここんとこ」

茂吉はべそをかきながら、左足をあげて裏側を指さした。

親指の付け根の、土踏まずのあたりに、ちいさな咬み口がポツンと二つある。

「おいらの釣り竿《ざお》とりにいったら、ガブッと咬みつきやがったんだ」

「ははぁ、おおかた昼寝していた百足を踏んづけたんだろう。よしよし、ここなら心配はいらん」

平蔵も子供の頃、百足に足を咬まれたことがある。

痛みはそれほどでもなかったが、咬みついたまま弓のようにそりかえり、離れようとしない異様な虫体に、おぞましい恐怖をおぼえた記憶がある。

おそらく茂吉も、痛さよりも怖さのほうが強かったにちがいない。

平蔵は咬まれた茂吉の足首をつかみ、波津をかえりみた。

「茂吉の膝っ小僧の下あたりを紐で縛ってくれぬか」

「わかりました」

波津はすぐさま襷がけの紅紐をはずしてしゃがむと、茂吉の足をかかえこみ、手際よく脹《ふく》ら脛《はぎ》の上を紐でぎゅっと縛った。

「よしよし、それでいい。あと、焼酎と晒《さら》しの布を頼む」

「はいっ……」

打てば響くように、波津は土間の隅から焼酎のはいった壺をかかえて戻り、平蔵のそばに置くと、上がり框を駆け上がって晒しの布を急いでもってきた。

「いいか、茂吉。すこしチクリとするが我慢しろ」

平蔵は茂吉のからだを俯せにすると、腰のうえにどっかと跨《また》がった。

「な、なにすんだよぅ」

「ジタバタせずに目をつむっていろ。いいな」

「わ、わかったよぅ」

茂吉が観念しておとなしくなったのを見て、平蔵はいきなり腰の脇差しを抜き放った。

「あ、わわわっ、せ、せんせい」

おたねがおどろいて絶叫したが、平蔵はかまわず茂吉の足首を腕でかかえこみ、素早く脇差しの切っ先で土踏まずについている百足の咬み口に十字の切れ目をいれた。

「ひいっ」

茂吉が悲鳴をあげたとき、脇差しはすでに鞘《さや》におさまっていた。

「いてててっ、いてぇよぅ」

足をバタバタさせて暴れる茂吉をおさえつけた平蔵は、切り口のまわりを両手の親指でぐいぐいと絞りこんだ。

たちまち傷口から血がにじみだしてくる。その傷口に口をつけると、平蔵はにじみだしてくる血を口で吸っては土間に吐きだし、また吸っては吐きだした。

「せ、せんせい……」

見ていたおたねは目をひんむいてゴクンと唾《つば》を呑みこんだ。

波津が素早く焼酎の壺の栓をぬいて平蔵に手渡した。焼酎の強烈な匂いが噎《む》せかえるようにツンと鼻孔にひろがった。

平蔵は壺をかたむけると、傷口に丹念にそそぎながら血を洗い流した。

「いててっ……い、いてぇよう」

焼酎が傷口に沁みるのだろう、茂吉はバッタのように跳ねた。

「こらっ。痛いぐらいなんだ。死ぬよりましだろうが」

一喝し、手早く晒しの布で傷口のまわりをきりりと巻いてやった。

「よし、これでいい」

ポンと茂吉の膝をたたいてやると、茂吉がおそるおそる平蔵を見あげた。

「せんせい。おら、死なねぇだか」

「ああ、咬まれたところが首や手首ならともかく、足なら大事ない。いまに足が大根みたいに腫れてくるだろうが、それぐらいは辛抱しろ」

「もっと痛くなるのけ」

「なに、ちょいと痒《かゆ》くなるだけだ」

「ふうん。蚊に食われたようなもんけ」

「そうはいかん。ま、インキンにやられたときのような痒さだな」

「インキン……」

茂吉はきょとんとなった。

「そいつも虫け」

「いや、キンタマに毛が生えてくるころにやられる」

「え、キンタマに……」

急いで股座《またぐら》をのぞきこんだ茂吉の頭を小突いて苦笑した。

「バカ。いまから股座に毛が生えてどうする」

荻乃や女中たちがくすくす笑っている。

「平蔵さま……」

波津に睨《にら》まれた。

「ま、いい。とにかく毒消しの薬をやるからな。おっかさんに煎じてもらって二、三日飲め。痒いからといってぼりぼり爪で搔くんじゃないぞ」

「わかったよ」

波津が毒消しの漢方薬をとりだし、おたねに手渡した。

「これを土瓶で煎じて飲ませるのよ」

「へ、へい」

おたねは平蔵のほうを見ておずおずと聞き返した。

「せんせい、この薬、いくらすんだべな」

「それは山で採ってきた薬草だ。銭の心配などいらん」

「いつも、いつも、すんませんのう。そのうち、せんせいに紙衣《かみこ》の半纏《はんてん》でも縫ってきますでよ」

「そんな気遣いはいらん。紙衣の半纏は手間もかかるし、城下の問屋にもっていけば高く売れるんだろう。……ま、気が向いたら野沢菜の古漬けでもとどけてくれればいい。あんたが漬けこんだ古漬けはうまいからな」

「ほんとうよ、おたねさん」

かたわらから波津もほほえんだ。

「平蔵さまも父上も、あなたが漬けた野沢菜の古漬けがあればご機嫌なの。ねぇ、平蔵さま」

「ああ、江戸ではあんなうまい漬け物は手にはいらん。あれさえあれば酒の肴《さかな》はなにもいらんくらいだ」

「あんれまぁ。あげんなもんでよけりゃ、たんともってきますだよぅ」

おたねは日焼けした顔をほころばせた。

「せんせいが村にいてくださるだで、ありがてぇこんだとみんなも言ってますだでよ」

バッタのように頭をさげると、目をすくいあげて平蔵と波津を見た。

「それにしてもよ。せんせいと波津さまはほんに仲がようてええのう」

平蔵、ニヤリとして波津に目を向けた。

「そりゃ勘違いだな。わしが波津どのに毎日のようにこき使われておるのを知らんな」

「もう、こき使うだなどと人聞きの悪い……」

波津が心外そうに口をとがらせた。

「わたくしはいつも平蔵さまが不自由なさらないようにと思っておりますのに、そのような」

「へへへっ」

おたねが冷やかした。

「そうやって口喧嘩するのも仲がええからじゃがの」

「もう、おたねさんたら」

「できりゃ、せんせいとお波津さまが夫婦《めおと》になって、この村にずうっといてくださりゃええんだがのう」

「ま……」

波津が頰を朱に染め、うなじまで血のぼせた。

「へえぇ、お波津さまが赤くなってらぁ」

茂吉があっけらかんとした顔であけすけに言い放った。

「お波津さまはよう。きっと、せんせいにまんじゅうを食べてもらいたいんでねえだか」

「え……」

波津にはとっさにはなんのことかわからなかったが、おたねや女中たちにはすぐにわかった。

「このバカたれがっ」

おたねが思いっきり茂吉の頭をひっぱたいた。

「なんも知らねぇくせして、なにほざくだっ」

「ヘン、おらだってそれぐらい知ってらぁ。あまっこのまんじゅうは柿とおんなじでよ。ほっぺが赤くなったら食べごろなんだってさ」

あっけらかんと茂吉が言い放った。

「茂吉っ」

おたねがうろたえながら睨みつけたが、茂吉は屁っぴり腰になりながら口をとんがらせた。

「へっ。おっかあだって、おとうにまんじゅう食べさせてるじゃねぇか」

「な、なんだって……」

「おら、ゆんべもちゃんと見てたんだぜ」

「え……」

「ウンウン唸って、とっくみあいしてんだもん。おら、はじめは喧嘩してんのかと思ったぜ」

「この子は、もうっ」

おたねの顔が怒りと恥ずかしさで真っ赤になって拳をふりあげた途端、茂吉は栗鼠《りす》のように素早く表に駆けだしていった。

「ンもう、なんて子だろ」

荻乃や女中もくすくす笑っている。

おたねはいたたまれぬように身をすくめ、頭をぺこぺこさげた。

「ほんにまぁ、口のへらねぇ子で……すんませんのう」

「ははは、そう気にするな。べつに悪気があるわけじゃない。男の子というのはどこでもああしたもんだ」

平蔵がこともなげに笑いとばしたとき、表の戸口から半弓を手にした曲官兵衛がぬっと入ってきた。

肩に数本の矢がはいった矢筒をかけ、腰に二匹の兎《うさぎ》をぶらさげている。

官兵衛は狩人の民でもある曲一族の頭領として、日置流《へきりゅう》の弓の名手としても知られている。

楮や三椏の新芽を食い荒らす野鼠、兎、狸《たぬき》、鹿、猪などの天敵から村を守るため、村人は日頃から猟犬を九十九平に放し飼いにして害獣の侵入を防ぐかたわら、暇をみては弓矢を携《たずさ》えて山に入る。今朝も官兵衛は未明のうちに鹿狩りにでかけていたのだが、どうやら鹿が兎に化けたらしい。

その官兵衛の背中に隠れながら茂吉がついてきた。

表のほうで官兵衛の狩りについていってもどってきた紀州犬《きしゅういぬ》の雪丸《ゆきまる》と、今日は留守番にまわされた獅子丸がじゃれあって走りまわっている。

茂吉の放言に怒るに怒れず困惑していた波津が、ホッとしたように官兵衛をいそいそと出迎えた。

「お帰りなされませ。狩りの首尾はいかがでございました」

「うむ。目当ての鹿は獲れなんだが、ま、兎でも鍋の出汁《だし》ぐらいにはなろう」

官兵衛は腰に吊るしてきた二匹の野兎を無造作に投げ出した。

すでに腹を割かれ、血抜きされている兎を見て、茂吉が目をかがやかせた。

「うわっ、すんげぇ。これ、大旦那さまが獲ったのけ」

上がり框にどっかと腰をおろした官兵衛が、茂吉に笑みかけた。

「どうやら、また悪さして、足でも挫《くじ》いたらしいの」

「ちがわい。おら、百足に足咬まれたんだよ」

茂吉が頰っぺたをふくらませ、晒しを巻いた足を誇らしげに見せた。

「百足だよ、百足。こんな、でっけえやつ」

さっきのべそっかきはどこへやら、茂吉は手を一尺ほどもひろげてみせた。

「ほう、百足か」

「うん、おいしゃのせんせいがよ、刀抜いて、おいらの足をチョン切るんだもん。おっかなくって、おいらションベンちびりそうだったよ」

「ほう、刀で足を、な」

官兵衛、にやりとした。

「足でよかったの。キンタマを百足に咬まれていたら、股ぐらに提灯ぶらさげて歩くことになったぞ」

「チョウチン……」

茂吉が目をひんむいた。

「うそだい」

急いで股座をのぞきこんだ茂吉を見て、官兵衛はニヤリとした。

「嘘なもんか。おまえのキンタマが提灯みたいにふくれたらどうする」

「ええっ……」

仰天した茂吉が股座からチンポコとキンタマをつかみだした。

「もう、父上までが、そのような品下《ひんさ》がったことを……」

波津が吹き出しそうになるのを懸命にこらえ、官兵衛を睨みつけた。

「品下がったとはなんじゃ」

官兵衛はこともなげに一蹴した。

「キンタマと竿は男の急所、子種をもたらす命の源だぞ。ゆえに男は常にキンタマと竿をふんどしに包んで大事に守っておるのじゃ。のう、平蔵」

「は、ま、たしかに……」

とんだキンタマ談義に閉口している平蔵を見て、波津も荻乃たちといっしょに笑いをこらえた。

第二章　一つ穴のムジナ

一

岳崗藩六万三千石の筆頭家老・弓削内膳正《ゆげないぜんのしょう》の拝領屋敷は城の東南にある辰巳櫓《たつみやぐら》に面したお濠端にある。

敷地はおよそ二千坪余、濠端に並ぶ屋敷のなかでもぬきんでた広大なものだ。門内に聳《そび》える黒松は樹齢二百年を数えると伝えられているが、いまも樹勢は衰えることなく新緑のころには瑞々《みずみず》しい芽吹きを見せる。

――その日。

弓削内膳正は八つ半（午後三時）すぎに下城した。

弓削は五十七歳、鬢《びん》に白いものがまじりはじめているが、肌の色艶もよく、炯々《けいけい》たる双眸《そうぼう》は威厳にみちている。

藩主・壱岐守吉親《いきのかみよしちか》の側用人として仕え、前藩主の忠高が隠居してからは筆頭家老として藩政を一手に掌握している切れ者である。

若いころから猟色《りょうしょく》の癖《へき》があったが、七年前に妻を亡くしてからはその癖にいっそう拍車がかかった。

いまは妙《たえ》という十九になる藩士の娘を行儀見習いの奥女中という名目で召し抱えて側妾《そばめ》にし、身の回りの世話をさせている。

この日も下城した弓削はすぐさま湯殿に向かい、いつものように妙とともに湯《ゆ》槽《ぶね》につかると四半刻（三十分）あまりも妙の艶やかな肌身を堪能《たんのう》した。

湯殿を出た弓削は利休鼠《りきゅうねずみ》の絹の単衣《ひとえ》を着流しにし、麻上布《あさじょうふ》の袖無《そでな》し羽織という気楽な身なりのまま、書斎で冷えた麦湯を喫していた。

それを待っていたかのように家士の新宮達之助《しんぐうたつのすけ》が廊下から声をかけた。

「よろしゅうございますか」

「おお、達之助か……かまわぬ。入れ」

新宮達之助は袴《はかま》の裾をさばいて膝行《しっこう》し、小声でなにかささやいた。

弓削は「ふむ、ふむ……」と軽くうなずいていたが、

「よし、よし、それでよい。よう、やった。後の始末はそちにまかせる」

そう言うと、達之助に耳打ちし、腰をあげて廊下に出た弓削は庭下駄をつっかけ、闊達《かったつ》な足取りで踏み石をたどり、広大な庭の築山《つきやま》に向かった。

皐月《さつき》と満天星《どうだんつつじ》を玉刈りにした植え込みのあいだの石段を登ると、四方柱《しほうばしら》にかこまれた三坪ほどの四阿《あずまや》がある。

入り口をのぞいた三方に腰高の板壁があるが、ここに立てば屋敷内を一望できるようになっている。

中央の三和土《たたき》の土間には欅《けやき》の大木を胴切りにした半畳ほどの円卓があって、二脚の椅子が置かれていた。

四阿に佇《たたず》んで庭を眺めていた一人の侍がふりかえり、弓削を見迎えた。

侍は薩摩上布の単衣物に野袴、皮足袋《かわたび》という旅装のままだ。

「宗九郎。よう、まいった」

「ご家老にもご健勝のようでなによりにござる」

「風花峠で藩の山同心が三人、斬られていたそうだが、いずれも一太刀で仕留められていたそうじゃ」

弓削は笑みをふくんだ眼差しを向けた。

「してのけたのは、そちだな」

「さよう」

宗九郎は平然とうなずいた。

「ご家老からの文には密事の用とございましたゆえ、面倒な関所を避けて風花峠を越えてきたところ、あの者どもに、どうでも領内に入りたくば関所料を十両出せと居丈高《いたけだか》に脅されましてな。山賊まがいの言い分、なんとも腹に据えかね、それがしが斬り捨てました」

「やはり、の……」

弓削はこともなげにうなずいた。

「岳崗は四方を山にかこまれておるゆえ、国越えする者があとを絶たぬ。山同心はその取り締まりのための者どもだが、なかには役儀をカサに着て狼藉《ろうぜき》をはたらく者もすくなくないと聞いておる。関所料とはようもぬかしおったわ。そちが斬り捨てねば捕縛して打ち首にしてくれるところじゃ」

弓削は口をゆがめ、吐き捨てた。

「大目付には詮議無用《せんぎむよう》にいたせと命じておいた」

「…………」

古賀宗九郎は礼を言うでもなく、不敵にもかすかに笑みをうかべてうなずいただけだった。

「それにしても、そちの東軍流《とうぐんりゅう》、いささかも錆びついてはおらぬようだの」

「なにせ旅の道中や、諸国の宿場には飢えた浪人者や破落戸《ごろつき》どもがひしめいておりますゆえ、斬る相手にはことかきませなんだ」

「ふふふ、きゃつらに手を焼いていた宿場役人どもは厄介払いができて、さぞかし喜んだことであろう」

弓削は満足そうに目を細めてうなずいた。

「そちを呼んだのも、その東軍流の腕を見込んでのことじゃ」

「ほう……」

宗九郎は揶揄《やゆ》するような笑みをうかべた。

「またぞろ藩に火種でもできましたか」

「うむ。ま、そのことは座をあらため、一献《いっこん》酌みかわしながら話すとしよう」

弓削は目で宗九郎をうながし、四阿を出ると築山をくだり、屋敷の東南にある別棟に向かった。

筆頭家老として藩政をほしいままにしている弓削内膳正と、古賀宗九郎との仲は十年前に遡《さかのぼ》る。

二

古賀宗九郎は西国の某藩に勘定方として仕えていたが、藩が幕府の掟《おきて》を破って異国と密貿易をしていたことを咎《とが》められ取りつぶされたため、浪人して江戸に出てきた男である。

宗九郎は東軍流の遣い手でもあるが、算盤も達者だったから、そのころ深川の蛤町《はまぐりちょう》で質屋をしていた天満屋儀平《てんまやぎへい》に見込まれ、武士を捨て商人になる道をえらんだ。深川には浪人が多く、質草の出し入れで難癖をつける者もいたが、そういうときは宗九郎の東軍流がものをいう。しかも宗九郎は刀剣や骨董品などの質草の鑑定に目がきいたから儀平の信頼は絶大なものになった。

浪人した侍が暮らしに窮してもちこんでくる質草のなかには、家伝来の貴重な掘り出し物の逸品があることに目をつけた宗九郎は、旧藩の人脈を使い、大名家や高禄の旗本に売り込むことで莫大な利益を天満屋にもたらした。

幕府の要職につきたいという野心がある大名や旗本は、宗九郎から手にいれた掘り出し物を賄賂《わいろ》に使って望みを果たすたびに宗九郎への信頼が厚くなる。

岳崗藩の側用人をしていた弓削内膳正と知り合ったのも、そのころだった。

政治手腕だけではなく外交にもたけていた弓削は幕閣や大奥にも手蔓《てづる》をもっていて、いずれは藩政を掌握しようという野心を秘めていたし、宗九郎は異国との貿易で莫大な富をつかんでみたいという野心をもっていた。

天満屋が蛤町の質屋から、田所町に店を構える両替商になったころ、宗九郎と弓削の結びつきはさらに緊密なものとなった。

弓削が藩の執政についたころ、藩内で弓削が私腹を肥やしていることを弾劾《だんがい》しようとしている派閥があることを知った宗九郎はみずから刺客として岳崗藩に出向き、つぎつぎに政敵を葬り、弓削の窮地を救ったこともある。

昨年、天満屋は幕府の金銀改鋳《かいちゅう》で対策をあやまりおおきな痛手をこうむったばかりか、普請奉行の駒井右京亮との長年にわたる癒着《ゆちゃく》を咎められ、家財没収のうえ三宅島に流罪となったが、古賀宗九郎はいちはやく天満屋に見切りをつけ、江戸を離れて難を逃れたのである。

このとき弓削内膳正は幕府の要路に裏から手をまわし、古賀宗九郎に追捕《ついぶ》の手がかからぬよう手配したばかりか、宗九郎の行く先々に路銀を送りつづけた。

むろん、古賀宗九郎にはまだまだ利用価値があるとふんでのことだが、宗九郎に公儀の手がのびれば弓削の身も危うくなるからという自己保身の意味合いも多分にあった。

もとより古賀宗九郎もそうした弓削の思惑は十二分に知っていた。

いわば二人の間柄は「一つ穴のムジナ」のようなものだったのである。

三

築山を東に向かってくだると風雅な書院造りの離れ家がある。

弓削が大事な用談の客を迎えるために造らせたもので、接客用の小座敷と付書院《つけしょいん》と茶室のほかに湯殿と厠《かわや》までついている。

屋敷とは渡り廊下でつながっていて、茶菓や酒肴《しゅこう》を運べるようになっていた。

築山をくだって弓削が宗九郎をともなってくると、小座敷にはすでに酒肴の用意がされていた。

奥女中らしい十八、九の娘が一人、廊下にきちんと正座して二人を迎えた。

「妙。酌はせずともよい。ちとこみいった用談があるゆえ、わしが呼ぶまでだれも近づけるでないぞ」

「かしこまりました」

つつましやかに廊下をさがっていく娘の後ろ姿を見送った宗九郎は、目に揶揄するような笑みをにじませた。

「しばらくお伺いせぬあいだに、ご家老の手活《てい》けの花も変わりましたな」

「ふふふ、さすがに目ざといの」

弓削は苦笑しながら酒肴の膳を前にどっかと胡座《あぐら》をかいた。

「あれは郡奉行配下の下役の娘でな。妙というて辰巳屋《たつみや》の口利きで女中奉公をさせることにした女じゃ」

「ほう、辰巳屋の……なるほど、あの男は女子《おなご》の売買も商いのうち、女の目利きはたしかでしょう」

宗九郎は侮蔑の笑みをうかべた。

「そういうては身も蓋《ふた》もなかろう。辰巳屋甚兵衛《じんべえ》はうまく使えばなかなか使い勝手のよい男だぞ」

「さよう。金と女子の調達には役に立ちましょうな」

「これこれ、そうきついことを申すな」

弓削は銚子を手にし、苦笑しながら宗九郎の杯についでやった。

「それにしても、そちも惜しいことをしたものよ。いま、すこしで天満屋をあやつり天下を自在に動かす身にもなれたものを、思わぬところで足をすくわれたものじゃの」

「なんの、天満屋儀平にはそれだけの器量がなかっただけに過ぎませぬ」

宗九郎は冷ややかな笑みをうかべた。

「金銀改鋳のことは老中の井上大和守《いのうえやまとのかみ》さまを通じ、あらかじめわかっておりましたが、天満屋儀平はひたすら金銀を蓄えることのみに執着したため自滅したようなものでござる」

「それにしても、あの抜け目ない天満屋を思うがままにあやつり、何十万両もの大金を動かした、そちの手腕は並々ならぬものよ。……しかも、その天満屋の命運がつきたとみるや、ためらうことなく見切りをつけ、早ばやと江戸を離れた。その即断即決も、また見あげたものじゃ」

「なんの、沈みゆく船にしがみついていては溺れるのを待つだけのこと、我が身ひとつあれば、まだまだおもしろいことができますするゆえ」

「それでよい。見切り千両とはよういうたものじゃ」

「とは申せ、いまだ寄るべき港もなく、アテもなくさまようている笹小舟《ささおぶね》にすぎませぬ」

「その笹小舟、わしが千石船に化けさせてくれよう」

「ほう、千石船とあればずいぶんおもしろい夢を見られそうですな」

「うむ。ともにおもしろい夢を見ようぞ」

弓削は目を細めて宗九郎を見すえた。

「わしはの、この岳崗六万三千石の手綱をとるだけではおもしろうない。できるならば大公儀の手綱をとってみたいと思うておる」

「大公儀の手綱を……」

宗九郎はまじまじと弓削を見つめていたが、やがておおきくうなずいた。

「そういえば、ご家老の望みはかねてより殿をご老中にということでございましたな」

「そのことよ。もし、我が殿が老中におなりあそばせば、公儀をも動かすことができる。男子たるもの、天下を動かすほどおもしろいことはほかにあるまい」

弓削内膳正の双眸がギラリと炯《ひか》った。

「将軍家などは、いわば雛壇《ひなだん》のお飾りのようなもの。天下を切り盛りするのは老中じゃ、その老中を陰で思うさまにあやつる。これこそ男冥利につきるというものではないか」

「……………」

「こう申しては憚《はばか》りあるが、なにせ、上様は御年七つのご幼少のうえ、ご病弱。とてものことにご世子をもうけられるまで成人なされるとは思えぬ」

古賀宗九郎はまじまじと弓削内膳正を見つめた。

岳崗藩は三河以来の譜代の家柄である。

老中に任じられても不思議はないうえ、かつ、現藩主の内室は御三家筆頭の尾張徳川家から入輿《にゅうよ》している。

もし、現将軍家継《いえつぐ》が世継ぎをもうける前に逝去《せいきょ》するようなことになれば、尾張藩主の継友《つぐとも》が将軍位にもっとも近い立場にある。

（なるほど、そういうことか……）

弓削内膳正の思惑が奈辺《なへん》にあるか、宗九郎にもようやく見えてきた。

「となれば、ここはなんとしても尾張の継友さまに将軍家の跡目を継いでいただきたいところですな」

「そのことよ」

内膳正は我が意をえたりと言わんばかりにうなずいた。

「尾張の成瀬《なるせ》隼人正《はやとのしょう》どのからも、継友さまが将軍におなりあそばせば、我が殿をゆくゆくは老中に、という確約をえておる」

「ほう、それはまた……」

成瀬隼人正は幕府が尾張家の目付役として派遣した付け家老で、その責務も重いが、藩主の継友も一目置く存在である。

「ご家老さまにとっては、またとない援軍にございますな」

「わしも江戸屋敷で殿のお側御用をつとめてきたあいだに幕閣や大奥に培《つちこ》うてきた手蔓がある。それを思うさま使うつもりじゃ」

藩主の側用人というのは君側にあって、藩執政との仲介役もするが、幕閣や諸藩との交渉役をまかされることもある重職である。三十代の若さで側用人を務めた弓削の外交手腕のしたたかさは宗九郎もよく知っていた。

「とは申せ、幕閣や大奥を動かすにはそれなりの費《つい》えもかかりまするぞ」

「まず、とりあえず二万両は用意せずばなるまいな」

「ほう。なかなかの大金にございますな」

うが」

「よう申すわ。そちが天満屋で動かしていた金にくらべれば微々たるものであろうが」

弓削内膳正はこともなげに嗤《わら》った。

「しかも、借財ではない。金の出所はすべて辰巳屋甚兵衛じゃ」

「ははぁ、なるほど辰巳屋ならそれくらいの金はいつでも動かせましょう」

辰巳屋甚兵衛は岳崗藩内で並ぶものがいない富商である。

藩の産米を一手にあつかう米問屋としてめきめき頭角をあらわし、いまでは両替商や材木問屋も営み、紅梅町《こうばいちょう》という城下随一の遊里をほぼ手中におさめたばかりか、領内のつぶれ百姓の田畑を片端から買い取って藩内随一の大地主にのしあがった男である。かたわら不時の金策に窮した藩士にどしどし金を貸しつけ、いまや高禄の上士でも辰巳屋に借金がない者はいないとさえいわれている。

この辰巳屋甚兵衛のめざましい台頭には、弓削内膳正の権力の庇護《ひご》があったことは宗九郎もよく知っている。

いうまでもなく、典型的な政商癒着だが、それを咎めだてするには弓削内膳正の権力があまりにもおおきく、かつ辰巳屋の財力も巨大になりすぎていたというのが現状だった。

「たしかに辰巳屋の蔵には千両箱が山積みになっておりましょう。その気になれば二万両はおろか、三万両でも出しましょうが、あの勘定高い男が、ようもそれだけの大金を出す気になりましたな」

「勘定高いからこそ、乗ってきたのよ」

「つまりは、それだけの出費に見合うだけの見返りがあるとみてのことにございますな」

「もとよりのこと、商人が見返りもなしに命より大事な金をむざむざと捨てるはずがないわ」

内膳正は吐き捨てるように口をへの字に引きむすんだ。

「辰巳屋が狙《ねろ》うておる見返りは九十九平じゃ」

「九十九平……」

宗九郎はいぶかしげに弓削を見返した。

「しかし、九十九平は夜叉神岳の山裾にひろがる丘陵地で雑木や雑草が生い茂る不毛の地と聞いておりますぞ。とても二万両の見返りにはなりますまい」

「ところが、そうでもないのだ」

弓削はにんまりとした。

「辰巳屋によると、九十九平には金の成る木が眠っているそうな」

「金の成る木……」

宗九郎はいぶかしげに弓削を見返した。

「わからぬか」

「まるで見当もつきませぬな」

「山裾の丘陵地には楮《こうぞ》や三椏《みつまた》が群生しているうえ、東の夜叉神の森には漆《うるし》や櫨《はぜ》の木も多い」

「そういえば、たしか九十九の紙は岳崗の名産でしたな」

「そのことよ。なんでも郡奉行の調べによると九十九村には紙の漉屋《すきや》が二十七軒あるそうだが、その漉屋で働いている職人だけでもざっと百二十人はいるという。ほかに漆取りと櫨蠟造りで生計をたてている者が二、三十人はいるらしい」

「なれば、村のおおかたの者は九十九紙と漆、それに櫨蠟で食っているというわけですか」

「ま、そういうことになるな。九十九は山峡の村ゆえ棚田がほとんどでの。田畑は女どもの手にまかせっきりだから米は食うのがやっとというところだが、九十九村の領民は藩内でも暮らし向きが裕福なことで知られておる」

「そういえば江戸の坊主と吉原の花魁《おいらん》は文に九十九紙をよく使うと耳にしたことがありますな。坊主も花魁も人のふところを食いつぶすのが商売ゆえ、金に糸目はつけますまい」

「文に使う紙だけではない、吉原の遊女が使う御簾紙《みすがみ》のなかには九十九で漉いた紙もけっこうあるというぞ」

「ほう、それは……」

「閨事《ねやごと》の始末に浅草紙では艶消しだからの」

「ははは、たしかに……」

「それはともかくとして九十九平は紙ばかりではない」

弓削はぐいと半身を乗り出した。

「紙や漆だけではなく九十九の櫨蠟は白蠟《はくろう》と申してな。火をつけても蠟の臭いが薄く、火持ちもよいというので問屋でも争って高値で買い取るそうな」

「では辰巳屋甚兵衛は、それらの産品が狙いで大金をつぎこんでも損はないとみたということですか」

「ま、そういうことらしい」

弓削は口辺に笑みをうかべた。

「辰巳屋の腹づもりでは、やりようによっては九十九紙だけでも年に一万両の収益が見込めるとみておるのだ」

「紙だけで年に一万両とは、また……」

「それればかりか楮の苗木をふやし、美濃や越後から紙漉職人を連れてくれば、収益を二万両から三万両にもできると申しておる」

「ほう、それはまた豪儀な……」

宗九郎は思わず目を瞠《みは》ったが、

「しかし、九十九平はご領内とはいえ、たしか曲一族の永代私有地でしたな」

「それよ。なればこそ、そちを呼んだのじゃ」

弓削内膳正の眸《め》が射るように宗九郎を見すえた。

「そちも知っておろうが、一族を束ねる頭領の曲官兵衛は、かつて藩の剣術指南役をしていたほどの遣い手でもある。しかも官兵衛だけならともかく、きゃつのところには、もう一人手ごわい遣い手が去年から居ついておる」

弓削はいまいましげに「チッ」と舌打ちした。

「そちも知っておろう。神谷平蔵という男じゃ」

「神谷平蔵……」

つぶやいた宗九郎の双眸に、一瞬、暗い炎のようなものが煌《きら》めいた。

「知らぬはずはあるまい。かの天満屋が流罪になり、駒井右京亮どのが家名断絶の憂き目にあったのも、神谷平蔵が仲間とともに三河島の駒井家下屋敷に斬りこんだことが発端になったようなものではないか」

「さよう」

古賀宗九郎はかすかにうなずいた。

「まんざら無縁とは申せませぬな」

「わしが耳にしたところによると、神谷平蔵と申す男、二十人もの腕達者な浪人者を残らず斬り捨てたと聞いたぞ」

「いや、神谷のほかにも何人かの仲間がいたようですから、二十人を一人で斬り捨てたわけではありますまいが、ともあれ白昼、旗本の下屋敷に乗り込み、屍《かばね》の山を築いたことに違いはござらぬ」

「藩士の子弟のなかにも官兵衛の道場の内弟子になっている者が何人かいるそうだが、神谷平蔵には官兵衛も一目置いているというから、並々ならぬ遣い手であることはたしからしい」

「ご家老がそれがしを呼ばれたのはそのためですな」

「わかったであろう。このことで藩士を使うのは、ちと憚《はばか》りがあるゆえな」

「曲一族と申しても、たかが郷士。まさかに藩に弓引くようなこともありますまい。なんぞ手だてはありましょう」

「うむ。とりあえずは一度、辰巳屋と会ってみるがよい」

弓削はおおきくうなずいてみせた。

「この獲物が手にはいればおおきいぞ。辰巳屋が太れば、わしも自在に金が使える。成就した暁《あかつき》には、そちの望みなんなりとかなえてくれるわ」

そのとき、どこかでヒュッと鋭く大気を切り裂く音が聞こえた。

「ご家老……いまの音は」

宗九郎が耳をそばだてた。

「ああ、あれか……」

弓削がこともなげに笑った。

「あれは、わしが子飼いの家士での。新宮達之助と申す者だが、暇さえあれば矢場で弓を引いておるのよ」

「弓を……」

「うむ。あやつ、剣の腕はさほどでもないが、弓の腕はなかなかのものでの。半弓でも三十間（約五十五メートル）の的なら十に一つも外しはせぬ」

「ほう、それはなかなかのものですな」

「的が六十間となると半弓では弓勢《ゆんぜい》が落ちると申してな。いまは大弓《おおゆみ》を引いておるが、それでも十矢《じゅっし》のうち七つか八つは射抜けるそうじゃ」

「ほう、それは……」

宗九郎はしばし目を細め、弓弦《ゆんづる》の音にじっと耳をかたむけた。

達之助は連射しているらしく、弓弦の音がたてつづけに鳴り響いている。

「うむ……」

おおきくうなずいた古賀宗九郎は笑みをふくんだ眼差しを弓削に向けた。

「なるほど、的を外した矢は一矢もございませぬ。ご家老も、よい家の子を飼われましたな」

「ほう。弓鳴りの音だけでわかるのか」

「もとより、ここからでも的を射抜いた音は聞こえまする。あの若者は十人の剣客に勝りますぞ」

宗九郎はなにやら思惑ありげに目を細めてうなずいた。

第三章　半分の糸

一

その日の曲家の夕餉《ゆうげ》の馳走は兎汁《うさぎじる》と、里芋の味噌田楽だった。

兎は野原を駆けまわっているためか、脂身はすくない。

肉も野獣に特有の臭みがなく、品のいい旨《うま》みがある。

汁にすると肉の旨みが出汁《だし》に溶けこみ、極上の逸品になる。

そのため兎汁は、将軍家の元旦の祝い膳にかかせない一品になっている。

江戸の料理屋でも、兎汁を売り物にしている店はすくなくない。

平蔵も江戸にいたころ何度か食したことがあるが、曲家で出される兎汁は格別にうまい気がする。

獣肉は血抜きと臓物の処理で味がきまる。

曲一族は狩人の民だったから、だれもが獲物の臓物や血抜きには手馴れているのだろう。

曲家の台所は小日向惣助の妻女・荻乃が采配している。

荻乃は三十二歳。子を産んだことがないせいか、五つは若く見える。

曲家には官兵衛父娘《おやこ》と、食べ盛りの五人の内弟子のほかに、女中が二人と下男が一人いるうえ、居候《いそうろう》の平蔵をくわえると総勢十一人の大所帯である。

飯は二升釜で炊き、鍋も大鍋をふたつ使う。

三度の食事の支度となると、台所はさながら戦場になる。

献立を考えるだけでも大変だが、荻乃は一向に苦にするようすもなく、波津と二人の女中を指図して土間を動きまわる。

九十九村は棚田がほとんどで瘦せ地が多いため、米の収穫はすくなく、蕎麦粉をよく練って、木の葉形に小口にした蕎麦餅というのを焼いたり、汁のなかにいれて食べることが多い。

この蕎麦を打つのはなかなか力がいるが、蕎麦打ちも荻乃の仕事のひとつになっている。

波津が朝早くから襷《たすき》がけに着物の裾をからげて、きびきびと立ち働くのも、荻乃を見習ってのことだろう。

曲家の食事は漬け物をふくめて一汁二菜ときまっているが、荻乃は献立にも頭を使い、おなじ食材もうまく工夫して飽きさせない。

また荻乃はなかなかの料理上手で、生姜をきかせた兎汁に蕎麦餅と白葱《しろねぎ》をドサッと大鍋にいれて煮込む。

その葱がとろりとして、舌のうえでとろけてしまいそうだった。

「ううむ、これはうまい……」

平蔵は感嘆の声をあげ、舌鼓《したつづみ》を打った。

「雉《きじ》や猪《しし》の肉もうまいが、兎の肉はどちらかというと、鹿の肉に似ているような気がしますね」

「それは食い物のせいではないかの」

官兵衛が笑みかけた。

「雉や猪は悪食《あくじき》で腹がへるとなんでも食うが、兎や鹿は草か木の新芽しか食わんからの。肉も癖がなく、あっさりしていて脂身もしつこくない」

「しかし、草ばかり食って、よく育つものですね」

「なに、いざとなれば人も草だけでも飢えはしのげる。狩人は獲物がないときは草と木の実だけで何日も過ごすからの」

　官兵衛は夕方、隣家のおたねが届けてくれた野沢菜の古漬けを口にほうりこんで満足そうにうなずいた。

「わしは、この古漬けがあれば菜《さい》などはいらん」

「あら、この前はたまには猪を食べないと、精がつかぬと申されていたではありませぬか」

　波津がかたわらから横槍をいれた。

「ン、ま、たまには、の」

「ま、ご都合のいいお口ですこと」

「こやつめが、親の揚げ足をとりおって」

「ふふっ」

　波津はしてやったりと片目をつぶって平蔵を見た。

　この父娘は顔をあわせると茶々をいれあう。

　それだけ仲がいいのかも知れない。

「神谷さま。この味噌田楽もおいしゅうございますよ」

　荻乃が竹串に刺した里芋の田楽をすすめてくれた。

「おお、これはかたじけない……」

茹《ゆ》であげた里芋に山椒味噌《さんしょう》をつけ、火で炙《あぶ》っただけの素朴な食い物だが、ほどよく焦げた山椒味噌の香ばしい匂いがプンプンして、口にいれる前から唾《つば》がわいてくる。

「いや、これはたまらん」

たちまち二串をペロリとたいらげた。

「平蔵さまは何を召しあがってもうまい、うまいですね」

波津はなにかというと平蔵にかまいたがる。

年が近い内弟子よりも、年上の平蔵のほうが気がおけないのだろうが、そのくせ、油断していると待ってましたとばかりに食いついてくるから始末に悪い。

たしかに官兵衛のいうとおり、じゃじゃ馬娘ではある。

そこがまた、歯ごたえがあっておもしろい。

「さよう。なにせ、裏長屋の一人暮らしでは腹がふくれればそれでよしというところだからの。ふだん、ろくなものを口にしてはおらん。兎汁に味噌田楽などという手のかかった食い物にはとんと縁がなかったな」

「いつもはどんなものを食べていらっしゃったの」

「そうさの、豆腐の味噌汁に漬け物があればよし、たまに塩鮭の一切れでもつけば御の字というところだ。銭がないときは飯に味噌汁をぶっかけてかきこむだけですませておったな」

平蔵、ニヤリとした。

「そういえば、たまに蛙《かえる》をつかまえて食ったこともあるの」

「ま、江戸にも蛙がいるのですか」

「あたりまえだ。雨あがりに神田川の土手っぷちに行けばいくらでもつかまる。ちっぽけな雨蛙なんかじゃないぞ。こんな、どでかいやつだ」

掌を団扇《うちわ》のように広げて見せた。

「いやだ。それじゃ蟇蛙《がまがえる》みたい」

「蟇じゃない。赤蛙といってな。見た目は悪いが、皮をひんむけば身は白くて綺麗なもんでな。腿の肉を醤油で付け焼きにすればなかなか乙なもんだ」

板の間の箱膳の前に正座して、丼飯に兎汁をぶっかけてかきこんでいた内弟子の奥村寅太《おくむらとらた》がふりむいて笑いかけた。

「わたしも蝮《まむし》は食べたことがありますよ。くるっと皮を剥《は》いで塩焼きにするとけっこういけます」

「もう、寅太ったら……」

波津が眉をひそめて睨《にら》みつけた。

「だって鰻《うなぎ》も蛇も似たようなもんでしょう」

「鰻もいやっ。あんなニョロニョロしたのは見るのもいや」

長虫嫌いの波津は怖気をふるって肩をすくめた。

「もう、ご飯がまずくなるでしょう」

「すみません」

寅太が首をすくめてペロリと舌をだしてみせた。

「ところで啓之助《けいのすけ》の顔が見えんが、どうしたのだ」

官兵衛が内弟子たちの顔ぶれを見渡して、波津に尋ねた。

「啓之助は買いたい物があるというので、ご城下にでかけました。日の暮れまでにはもどると申しておりましたが……」

「ふふふ、なにが買い物だ。啓之助が買いたいものといえば女子《おなご》しかあるまいて。おおかた紅梅町で馴染《なじ》みの女にどっぷりはまりこんで、帰るに帰れなくなっておるのであろうよ」

「まさか、そのような……」

波津が頬を赤らめ、官兵衛を睨んだ。

「啓之助はそんなふしだらな子ではありませぬ」

「そう言っては身も蓋《ふた》もないわ。男が花街《かがい》で娼妓《おなご》と遊ぶのはべつにふしだらでもなんでもないぞ。人も、馬や鹿となんら変わることはない生き物の仲間じゃ。生き物の雄が雌をもとめるように、ひとり前の男が女子をもとめるのは自然《じねん》の理、べつに目くじらたてるほどのことでもない。のう、平蔵」

「は……」

いきなり矛先《ほこさき》を向けられ、平蔵はかえす言葉につまった。

「どうじゃ。平蔵も女子ではずいぶんと苦労してきたであろう。ん？」

「ま、そこそこには……」

「ふふっ、そこそこにか。うまく逃げたの。さ、一杯いこう」

「これは、どうも……」

官兵衛がふだん飲むのは自家製の濁酒《にごりざけ》か、焼酎だけだ。

濁酒は粥《かゆ》のようにどろりとしていて、コクがある。

飲み過ぎると腹にもたれるから、椀に二、三杯ぐらいがちょうどいい。

官兵衛は毎晩、椀に五、六杯は飲むが、夜は飯はもちろんのこと食い物はほとんど口にしない。

せいぜい、汁か漬け物を口にするぐらいだ。

平蔵や内弟子たちと酒談をするのが、官兵衛の楽しみでもあるらしい。

用人の小日向惣助は鮭の粕漬けを二、三切れ食っただけでも酔って気分が悪くなってしまうほどで、元旦や婚礼の祝い膳でも盃に口をつけるだけですませてしまうという下戸《げこ》だった。

その分、甘い物には目がなくて、城下の京屋という菓子屋の霜降り饅頭が大の好物で、五、六個はぺろりとたいらげてしまう。

平蔵もたまには饅頭ぐらいは食うが、根は酒好きの口だ。

「ところで、平蔵」

官兵衛は濁酒を平蔵の椀につぎながら、

「波津から聞いたが、医者のおまえが村に来てくれたおかげで、みんなが喜んでいるとおたねが言ったそうだな」

「いや、それがしなど医者とはいっても、へっぽこ医者の口ですから、たいした治療はしておりません」

「なんの、そなたは長崎に留学までしてきた身じゃ。お城の御典医よりずんと上だろうよ。村の者が喜んでおる気持ちもよくわかるが、この山里で骨を埋めるには、まだまだ若い。おたねは気楽にずっとここにいてほしいと言ったそうだが、そんなことは気にするな」

官兵衛は穏やかな眼差しを平蔵にそそいだ。

「なにを修行するにしても江戸に勝るところはない。そのことだけは忘れてはならぬぞ。なにせ、そなたは一竿斎どのからの大事な預かり人ゆえな」

「は……」

官兵衛の温情は身にしみたが、それはあくまでも官兵衛が平蔵を食客として遇しているということにほかならない。

この九十九の地に根をおろし、この地を守りぬいてきた曲一族の頭領から見れば、平蔵はどこまでも一人の過客にすぎないのは当然のことだろう。

とはいえ、平蔵にしてみれば、そこにちょっぴり一抹《いちまつ》の寂寥《せきりょう》を覚えたのも事実だった。

所詮、おれは根無し草か……。

そんな感慨を覚えるようになったところをみると、

（おれも、そういう年かな……）

思わず苦笑いした。

二

部屋の置き行灯《あんどん》の明かりに誘われて迷いこんだ蛍が何匹か、戸惑ったように青白い光を点滅させながらさまよっている。

平蔵は団扇を片手に離れの居間の敷居に腰をおろし、縁側に足を投げ出してくつろいでいた。

城下町の古着屋で寝間着がわりに買い求めてきた真岡木綿《もおかもめん》の浴衣に、下紐《したひも》を巻きつけただけの気楽な格好である。

寝間にしている隣室の六畳間には夕餉の前に手早く床を敷いておいたが、南側に腰高の窓があるだけで西側は押し入れになっていて、東側は壁でふさがれているため、風通しが悪く、蒸し暑い。

この八畳の居間は北側は壁になっているが、東側に腰高の窓があり、西側は掃き出しの縁側になっているから風通しがいい。

おまけに西向きの縁側の屋根庇《びさし》が深く張りだしていて西日を遮ってくれるから、

昼寝や夕涼みには絶好の場所だった。

まだ五つ（八時）をまわったばかりだから、寝るにはすこし早い。

離れの縁側と母屋《おもや》は、屋根つきの渡り廊下でつながっている。

植え込みを挟んだ土塀の向こうは九十九川の河原に面している。

いつもは九十九川の川風が涼風を運んでくれるのだが、今夜はその川風も凪《な》いでいるらしい。

じっとしていても汗ばんでくるような蒸し暑さだった。

床下からはコオロギのすだく声が聞こえるし、遠くの森で木菟《みみずく》か梟《ふくろう》らしい野鳥が鳴く声も聞こえてくる。

土塀の横を流れる小川では河鹿《かじか》の雄が、雌をもとめて鳴いている。

屋敷の端にある馬房から馬がいなないている声がした。

曲家では馬房に五頭の駿馬《しゅんめ》を飼っていた。

平蔵が乗馬にしているのは鬼丸《おにまる》と名付けられた雄の四歳馬で、波津は初霜《はつしも》という名の六歳の牝馬ときまっていた。

いま、鬼丸は発情期を迎えているが、初霜のほうには、まだその気がないらしい。

さっきから、しきりに鬼丸が馬房でいなないているのは、初霜への恋慕の訴えなのかも知れない。

そう思うと鬼丸に同情したくなるが、この道ばかりは如何《いかん》ともしがたいとむかしからきまっている。

官兵衛にすすめられるまま飲んだ三杯の濁酒の酔いがほどよくまわり、なんともいえぬのどかな気分だった。

江戸にいたころは、こんなくつろいだ夜を過ごしたことは、ついぞなかったような気がする。

神田の裏長屋で町医者をしていたころは、ただ、ただ日々の暮らしに追われるだけだった。

裏に物干し用の殺風景な坪庭がついていたが、とんと風情などとは縁のない不粋なものだった。

虫のすだく声や、川のせせらぎ、野鳥の声などに耳をかたむけたりするようなことはついぞなかった。

駿河台の生家にいたころも、家人は曲家よりずっと多かったが、次男坊の平蔵は食事のときも常に末席で、無駄口をたたくなどはもってのほかだった。

父母が早く亡くなったこともあるが、家族のぬくもりなどというものはほとんど感じたことはない。

この里には、それらのすべてがある。

が、ここを安住の地とするわけにはいかないこともわかっている。

だからといって、江戸に帰りたいとも思わない。

平蔵は行き着くあてのない笹小舟《ささおぶね》で、果てしない大海原をさまよっているような気がした。

まだ寝るには少し早いが、そろそろ床につこうかと思って腰をあげたとき、渡り廊下から手燭《てしょく》の灯りが近づいてくるのが見えた。

手燭の灯りに照らし出された顔は波津だった。

波津は右手に手燭をもち、左手に風呂敷包みを抱えている。

こんな夜遅くに波津が離れにやってくることは、これまで一度もなかった。

「よかった。もう、おやすみになったかと思いましたが、お部屋に灯りがみえましたので……」

ほほえみながら、波津は風呂敷包みをかざしてみせた。

「平蔵さまに、さしあげたいものがありますの」

そう言うと波津は浴衣の裾をつつましく左手でおさえながら、居間にはいると行灯の側にきちんと正座し、風呂敷包みをひらいた。

「お、これは……」

平蔵は思わず目を瞠《みは》った。

ひろげられた風呂敷の上に結城紬《ゆうきつむぎ》の小袖《こそで》に、黒襟《くろえり》をかけた平絹《ひらぎぬ》の下着、本博多《ほんはかた》の帯まで添えられていた。

三

「お気に召してくだされればよいのですが……」

波津は湯上がりらしく、ほんのり上気した顔をあげた。

白地に朝顔模様を藍《あい》で染めた浴衣姿の波津は、ふだんとは見ちがえるように女らしく艶《あで》やかに見える。

「平蔵さまの夏着にと思って単衣《ひとえ》に仕立てましたの」

「仕立てたというと、波津どのが……」

「ええ、帯は城下の井筒屋で買い求めましたが、小袖と下着はわたくしが縫いあげました」

井筒屋は城下町でも、上物をあつかうことで知られている呉服屋である。

本博多の帯だけでも一両二分か、二両はするだろう。

結城紬の小袖となると、藩士でも高禄の者しか買えない品だ。

波津は懐紙《ふところがみ》をだして、額の薄汗をおさえながらほほえんだ。

「だって、もう、夏ですもの。いくらなんでも袷《あわせ》では過ごせませんでしょう」

「ン、うむ……」

そういえば平蔵の着衣といえば、江戸を出るとき身につけてきた木綿の袷の小袖の着たきり雀である。

あとは城下の古着屋でもとめた替え着用の木綿の小袖と、いま身につけている寝間着がわりの浴衣と綿の肌着や足袋《たび》ぐらいのものだ。

「裄丈《ゆきたけ》は平蔵さまのお召し物にあわせたつもりですが、ちょっと立って羽織っていただけますか」

波津は小袖を手にいそいそと平蔵のうしろにまわった。

生家にいたころはともかく、一人暮らしをするようになってからは、ちゃんと裄丈をあわせて着物を仕立てたことなどない。

生家を出たとき、嫂《あによめ》がもたせてくれた紋付羽織や小袖、袴《はかま》などはめったに着用せず、ふだんは神田か浅草あたりの古着屋に吊るしてある古手の着物のなかから、身の丈にあう物を適当にえらんだものばかりだった。

「なに、裄丈などほどほどでかまわん」

「そうはまいりませぬ。この浴衣も裄丈が二寸は足りませんわ。前まえから気になっておりましたの」

「そうか、の……」

あまりそんなことは考えたこともない平蔵は憮然とするしかない。

波津は小袖を手に後ろにまわり、背後からあてがった。

「ほら、ちゃんと背筋をのばして……両手をひろげてくださいまし」

「ン、こうか……」

「そうそう、そのままじっとしていてくださいましね」

波津は手早く裄丈をあわせ、

「よかった。目分量ですこし長めに仕立ててちょうどようございましたわ」

満足そうにうなずいて、小袖をたたみはじめた。

「明日にでもちゃんと着てみてくださいまし。もし、合っていなかったら手直しいたしますから……」

「それにしても、いつの間にこんなものを……」

　日頃、家事を忙しくこなしている波津に縫い物などする暇があったとは思えなかった。

「わたくし、いつも針仕事は夜ときめておりますの」

「ほう、それは……」

「だって夜は長いし、いつも一人きりですから……でも、夏までに間にあうかと思ってハラハラしましたけれど、どうにか間にあいましたわ」

「しかし、こんな高価なものをいただいてもよいのか……」

「ご遠慮にはおよびませぬ。父が一、二度袖を通しただけで箪笥《たんす》に眠っておりましたの」

　どうやら官兵衛の品を平蔵に横流ししたものらしい。

　横流し、おおいに結構だが、そんなことをして叱られはせぬかと心配になった。

　だが、波津は涼しい顔だった。

「お古ですけれど、わたくしがほどいて洗い張りしてから、裄丈を平蔵さまのお召し物にあわせて、仕立て直しましたの」

「それでは新品も同様、箪笥に眠っていたとは言えませんぞ。勝手にそんなことをしては、父上に……」

「そのご心配にはおよびませぬ。父も承知のうえですから……」

「ほう……」

そういうことなら心配はいらんなと、ちょっぴり安心した。

「いまも縫いあがったのなら、はようもっていってやれと父が申しておりましたくらいですから、遠慮なくお召しくださいまし」

官兵衛の好意もありがたかったが、わざわざ糸をほどいて洗い張りをしたうえで、裄丈をちゃんと平蔵の躰にあわせて縫い直したという波津の気持ちが、ずしりと身にしみた。

いつも地味な色の木綿着に襷がけし、素足で朝から晩まで掃除に洗濯、炊事と立ち働いている波津が、夜遅くまで平蔵のために針仕事をしてくれていたとは思いもよらなかった。

「いや、かたじけない」

平蔵はありがたく着物をおしいただいた。

「ご好意、遠慮なく頂戴しておこう」

「もう、そのように申されては身がすくみます」

波津は羞じらうように身をよじった。

めずらしく浴衣を着ているせいもあるが、今夜の波津はいつになく娘らしい色香が匂いたつようでまぶしかった。

「それにしても、女人《にょにん》の浴衣姿というのはよいものだな」

あらためて、まじまじと波津を見つめた。

「あら、女人だなんて平蔵さまらしくもない……」

波津はくすっと笑った。

「そんなふうにおっしゃられると、身がすくみます」

「いや、世辞ではござらんぞ。今夜の波津どのはふだんとちがって、なにやら一段と女っぷりがあがって見える」

「ま、お口上手ですこと……」

波津はかるく腰をひねり、背中で太鼓《たいこ》に結んだ帯に手をまわすと、ちょっと照れたように笑った。

湯あがりのせいか、波津の頬や胸のあたりからうなじにかけての肌も、ほんのり色づいて薄汗がにじんでいる。

厚みのある太腿から張りだした双の臀《しり》のふくらみも量感にみちていた。

浴衣の下の長襦袢《ながジュバン》の白い半襟が清々《すがすが》しい。

その浴衣の襟に一匹の蛍が羽をやすめ、青く淡い尾灯を点滅させた。

「あら、こんなところに……」

波津は指でそっと蛍をとらえ、掌のうえに乗せた。

蛍は逃げようともせず、ほのかな尾灯を点しつづけている。その燐光をつつみこんだ波津の掌が薄桃色に染まって見えた。

「この子は雌かしら……」

ぽつんと波津がつぶやいた。

「いや、波津どのを慕ってきたのだから雄だろうな」

息苦しさをまぎらせるように、ちょっと軽口をたたいてみせると、

「まさか……」

波津はくすっと笑い、そっと蛍を夜空にはなしてやった。

蛍は戸惑ったのか、しばらく迷っているように見えた。

「ほら、お仲間はあっちよ……」

波津が中腰になって団扇で静かに風を送ってやると、蛍はようやくあきらめた

ように夜空に消えていった。

波津が団扇を使うたび、袖口から二の腕がこぼれ、汗ばんだ女体の匂いがほのかにただよってくる。

いつもの見なれた波津とは、まるで違う波津が、すぐそこにいる。

今夜の波津は、まぎれもなく二十一歳の女盛りを迎えた生身の女だった。

四

静まりかえった屋敷の表のほうで金具の軋《きし》む音がした。

曲家では明け六つ（午前六時）に大戸の門扉をあけ、六つ半（午後七時）にしめるが、だれかが外出しているときは五つ半（九時）まで潜り戸の閂《かんぬき》はかけずにおく。

そのあと帰ってきた者は土塀をよじ登って入るか、作造の長屋の裏にまわって寝ている作造を起こし、潜り戸をあけてもらうしかない。

「どうやら啓之助は、帰りそびれたようですね」

迷い蛍を目で追いながら、波津がつぶやくように言った。

「あの年頃は遊び盛り、わしもよく兄者から閉め出しを食ったものだ」

「そういうときはどうなさいましたの。御門の外で夜明かしでもなさっていたんですか」

「なんの、門はしまっていても、旗本屋敷などというのは存外に不用心なものでな。入ろうと思えばなんとかなる」

「なんとかって……」

「ふふ、そういう夜遊びの相棒は、ホラ、あの伝八郎という男だからな。あいつの肩に足をかけて塀を乗り越えるのさ。あいつがいないときに、よく使った手口は脇差しとふんどしだな」

「え……」

平蔵はかたわらに置いてあった脇差しの下げ緒《さお》を手にした。

「この下げ緒とふんどしを結んでおいて、見越しの松の枝に脇差しを投げて巻きつかせる。あとはふんどしを手繰って、土塀を乗り越える。塀の瓦《かわら》に手がかかりさえすればしめたものだ」

「ま、それじゃ、まるで泥棒じゃありませんか」

「なに、金品を盗みにはいれば泥棒だが、こっちは我が家にちゃんと帰ってきたんだから、やましいことなど、さらさらない」

「呆《あき》れた。盗人《ぬすっと》にも三分の理、の口ですね」

波津は袖口で口元をおさえ、くくっと喉で笑った。

目は睨んでいるが、けっこうおもしろがっているようすだった。

「もっとも、一度だけほんものの泥棒とまちがえられて捕り物騒ぎになったことがあるな」

「あらあら、大変。それで、うまく逃げられましたの」

「いや、逃げたところではじまらんから、神妙に謝ったが、兄者はおれとちがってコチコチの堅物だから勘弁してはくれん。しばらく謹慎していろと、土蔵に五日もとじこめられた」

「まぁ、五日も土蔵に……」

波津は興味津々というようすで、目をキラキラさせながら半身を乗り出した。

「なぁに、飯や茶は女中がさしいれてくれたし、蔵にはいろんな絵草紙がわんさとあったから存外に退屈はしなかったな」

「でも、すこしは懲《こ》りたでしょう」

「なに、それくらいで懲りるもんか。なにせ、そのころのわしは、いまの啓之助とおなじようなもんでな。三日もたてば嫂上《あねうえ》を拝み倒して小遣いをせびって廓《くるわ》にすっとんでいったものだ」

「わからないわ……」

波津はまじまじと平蔵を見つめた。

「廓のどこが、そんなに楽しいんですの」

「どこが、と言われると困るが……」

平蔵、弁明に窮した。

「べつに楽しいわけじゃない。ま、そこに気楽に相手をしてくれる女子がいるから、としか言いようがないな」

「女子ならだれでもいいんですか」

波津の追及はなかなか厳しい。

「ううむ、つきつめるとそういうことになるんだろうな。なにしろ、そういうときの男は盛りのついた雄の犬か、馬みたいなものでの。半分は気ぐるいしているようなものだ」

「だったら、早くよいおひとを見つけて、奥さまをおもらいになればよろしいのに……」

「そうはいかんだろう。いくら気にいった女子がいても、向こうにその気がなければどうともならんし、だいいち妻《めと》を娶るには暮らしをたてるだけのアテがなければ嫁に来てくれる女子などおらぬ」

「でも、平蔵さまはお医者さまですもの、相手はいくらでもおありでしょう」

「なんの、医者といっても、患者はその日暮らしの長屋の住人がほとんどだったからな。薬代が豆腐に化けたり、診察料が大根や鰯《いわし》に化けたりする」

「あらあら……」

「だからといって貰い物の豆腐や、大根で店賃を払うわけにはいかんからな。嫁とりまでは手がまわらんというところだ」

平蔵、憮然として顎《あご》を撫でた。

「とはいえ、だれでもいい、というわけにもいかんからな」

「でも、ひとりぐらいは奥さまにしたいと思うようなお方がいらっしゃったでしょう」

「ああ。……二人いたが、とどのつまりダメだったたな」

平蔵、ホロ苦い目になった。

「二人とも武家の女子での。とどのつまり、その武家の枠組みに縛られて、どうにもならなんだ」

平蔵は淡々と縫《ぬい》とのこと、文乃《あやの》とのいきさつを語った。

縫のほうは磐根《いわね》藩世子の育ての親として大事にあつかわれているし、文乃のほうも藩主の声がかりで婿を迎え、生家を継ぐことになったと側用人の桑山佐十郎《くわやまさじゅうろう》が文で伝えてきている。

五

「つまりは二人とも、わしとの縁はおわったということになろうな」

波津はだまって平蔵の話を聞いていたが、やがて深ぶかとうなずいた。

「申しわけありませぬ。お辛《つら》いことをお聞きしてしまって……」

「なに、辛かったのは向こうのほうだったろうよ。去《い》にたくて去んだわけではないからな」

「それは、縫さまも、文乃さまも、出ていかれるときはお辛かったでしょうけれど、でも、悔いてはおられないと思います」

「うむ……」

「だって、お別れになるまでは、きっとお幸せだったにちがいないと思いますもの」

「どうかな……」

「いいえ。女子のわたくしにはわかります」

ふいに波津は唇を嚙みしめ、膝のうえに重ねた手をぎゅっと握りしめた。

「わたくし、十七のとき、ご家老の弓削さまの仲立ちで一度嫁《とつ》いだことがありますの」

「ほう、ご家老の仲立ちとあれば相手も相当な家柄だったんだろう」

「ええ、それは、まぁ……」

波津はフッと眉を曇らせ、くわしくは語らなかった。

不縁になったからには、それなりの理由があったにちがいない。

「聞かせたくない話なら、聞かずともよいぞ」

平蔵は気遣ったが、波津はきっぱりと首をふった。

「いいえ、聞いていただきます」

波津はまっすぐ平蔵を見つめ、

「平蔵さまには聞いていただきたいのです」

波津は遠くを見るような眼差しになり、まるで他人事《ひとごと》のように淡々と話しはじめた。

「わたくし、嫁いでふた月もたたずに婚家を飛びだしてもどってまいりました。あのまま向こうにいたら、わたくし、きっと気ぐるいしていたと思います」

そう言うと、波津は目を庭の闇に泳がせた。

「嫁いだ先は藩でも格式の高いお家柄でしたが、わたくしにとっては、毎日が地獄のようでした」

波津の唇がかすかにふるえていた。

「来る日も、来る日も、義母《はは》の部屋に呼ばれては、立ち居振る舞いに品がない、ちゃんと髷《まげ》を結えるようになれ、化粧の仕方も知らぬのか、女中や下男とむやみに口をきくものではない、物乞いにいちいち銭などあたえてはならぬ、と叱られてばかり……もう、どうしてよいやらわからなくなりました」

波津は思わず顔を伏せ、膝のうえに置いた両手をぎゅっと握りしめた。

「ははぁ、姑女《しゅうとめ》の嫁いびりというやつだな」

「それだけなら、まだ辛抱できました。……でも、毎夜、毎夜、義母が寝間の襖《ふすま》の外でわたくしたちのようすをうかがっていたことがわかったとき、わたくしは、もう……」

　波津の躰が瘧《おこり》にかかったように鋭くふるえ、両手で顔を覆い嗚咽《おえつ》した。

「それで、飛びだしたのだな」

「いいえ、ふた月たって義母から、まだ身ごもらないのは、わたくしが石女《うまずめ》だからではないかと責められました。武家の嫁は跡取りを産むのが役目、一年たっても跡取りが産まれないようなら里に去《い》んでもらう、と……それを聞いたときは、もう」

　ふいに波津の目に大粒の涙が盛りあがり、頰をつたった。

　波津は涙を拭《ぬぐ》おうともせず、膝のうえにそろえていた両手をぎゅっと握りしめた。

　これまで、じっと胸のうちにためこんでいたものが堰《せき》を切ってあふれだしたのだろう。

　握り拳に涙がしたたり落ち、肩が小刻みにふるえた。

「舅どのや、婿どのは助けてはくれなんだのか」

　波津は鋭く首を横に振った。

「どちらも、ごく気弱なおひとでしたから……」

「それは気弱とは言わん。ただ、見て見ぬふりをしていただけだ」

平蔵は思わず義憤を感じ、語気を荒らげた。

十七歳で嫁いだ波津にとって、婚家は針の莚《むしろ》だったにちがいない。

武家はどこでも跡取りの男子を産ませるために嫁をとる。

嫁は跡取りを産むための道具としか思っていない家もすくなくない。

［三年、子なき嫁は去れ］

などという理不尽な不文律がまかりとおるのが武家というものだ。

家督を継ぐ男子がいない武家は断絶の憂き目にあわされる。

息子が娶った嫁に子が産まれなければ、離縁するか、嫁のほうから夫に側女《そばめ》をもつことをすすめることを強いられる。

赤子も身ごもらない嫁が、夫との交わりで声をもらしたり、乱れたりすれば淫婦《いんぷ》のそしりを受ける。

世襲が命の武家では、嫁は子産みの道具でしかないようなものだ。

その姑女はおそらく自分も嫁いできたとき、そういう仕打ちをうけてきたのではなかろうか。

そして、その仕返しを波津に向けたのではないか……。

たとえ波津が身ごもったとしても、その姑女はなにかにつけて波津のアラ探しをしつづけたにちがいない、と平蔵は思った。

（それにしても……）

新婚の夫婦の寝間の外で、毎夜、なかのようすをうかがう姑女の姿は想像しただけでも吐き気がする。

もしかしたら、その姑女は息子を溺愛していたのかも知れない。

そして息子を溺愛するあまり、その息子を寝取った嫁に嫉妬し、嫌がらせをしていたのではあるまいか……。

おそらく波津は女の本能で、姑女の陰湿な心根を感じとったのだ。

十七歳の波津には、到底、堪えられなかったにちがいない。

婚家を飛びだして生家にもどってきても、母親ならともかく、父の官兵衛にはそんな浅ましいことは口にできなかったのだろう。

ことに藩の家老の仲立ちで嫁いだとあれば、婚家をあしざまにいうこともできなかったのではあるまいか。

――家風にあわぬ嫁。

おそらくは、その一言で片付けられたのだ。

気丈なだけに胸にためこんできたものも深く、重かったのだろう。

平蔵の胸に憐憫《れんびん》の思いが勃然《ぼつぜん》とつきあげてきた。

「申しわけございませぬ。つい、はしたない繰り言を口にのぼせてしまいました」

波津は指の先で涙の痕をぬぐいながら、羞じらうように詫びた。

平蔵は無言のまま、つと手をのばし、波津の腕をつかんで手繰りよせた。

波津は一瞬、目を瞠って平蔵を見たが、すぐにくずれこむように平蔵の胸にすがりついてきた。

「もういい。そんなことは忘れろ……」

波津の背中に腕をまわして抱きしめた。

「言いたいことは、腹にためこんでいてはいかん。まだ、あるなら、ここで残らず吐き出してしまえ。わしが腹に飲み込んで、糞にしてひりだしてやる」

「ま……」

「盗人は犬のことを姑女というそうだが、なぜだかわかるか」

平蔵はニヤリとした。

「どっちも、うるさいからさ」

波津はくすっと笑い、平蔵の胸に頬をすりよせてきた。

二十一歳の女が、十七歳の小娘にもどったかのようだった。

「よいか。そなたは、ただ、嫁ぐ先をまちがえただけのことだ。そなたなら、もっとよい嫁ぎ先がいくらでもある」

「いいえ」

顔を平蔵の胸におしあてたまま、波津はきっぱりと言い切った。

「わたくし、もう、どこへも嫁ぎませぬ」

「うむ……」

平蔵はからかうように波津に目を落とした。

「どこへも、か……」

「ええ、どこへも」

「そいつは弱ったの」

平蔵はぼやいて目を笑わせた。

「ここに、そなたを妻にしたい男がひとりいるんだがな」

「え……」

「おれだよ、おれ」

「ま……」

波津の顔にみるみるうちに喜色がひろがった。

「見てのとおり、顔の造作はパッとせんが、躰はいたって丈夫にできておるしな。薪割《まきわ》り、水汲《みずく》みなどは屁の河童《かっぱ》、いくらこき使われてもこわれる気遣いはなし、おまけに嫌みったらしい婆さんもおらん。……ただ、ちくと貧乏神に縁があるのが難だがの」

「平蔵さま……」

波津はひたと平蔵を見あげ、かすかに唇をふるわせた。

目にぷくりと涙が噴きあげ、そのまま平蔵の胸に頬をおしあててきた。

その頤《おとがい》に手をかけると、波津はおずおずと平蔵を見あげたが、双眸《そうぼう》はきらきらと煌《きら》めいていた。

やがて波津は腕をのばし平蔵のうなじに巻きつけ、半眼をとじると唇をおしあててきた。

ぎこちない口づけだったが、ひたむきな口づけだった。

平蔵は浴衣の腰をすくいあげると胡座《あぐら》に組んだ膝に波津をかかえこんだ。

ぬくもりのある女体が、平蔵の腕のなかで小雀のようにふるえていた。

弾力にみちた臀のふくらみが、平蔵の躰のなかにとじこめてあった欲望を猛だけしくめざめさせた。

かすかな分別がチラと頭の隅をよぎったが、波津を欲しいという衝動にはあらがえなかった。

平蔵は行灯の火窓をあけ、灯芯の火を吹き消した。

ふいに訪れた闇のなかで蚊遣《かや》りの火だけがポッンと赤くともっていた。

平蔵は波津を抱いたまま寝間に運ぶと、夜具のうえに静かに仰臥《ぎょうが》させ、そのかたわらに寄り添った。

庭には星空のほのかな明るみがさしていたが、灯火を消した部屋のなかは薄墨を溶き流したようだった。

その薄闇が波津をいっそう大胆にしたらしく、波津は片腕を平蔵のうなじに巻きつけると、片方の手を背中にまわし、帯の結び目を探って手早く解いた。

帯を解く衣擦《きぬず》れの音がなんとも艶めかしく、男の欲望をそそりたてた。

胸に手をすべらせ、柔らかく弾むものをとらえた。

乳房は小ぶりだったが、掌に吸いついてくる弾力があった。

波津はせわしなく腰をうかせ、襦袢の紐をほどくと、二布《ふたの》の結び目を引きちぎるように解き放った。

放恣《ほうし》したように、波津はのびやかに四肢をのばし、平蔵の貪欲な視線を拒むことなくうけとめた。

波津の女体は薄闇のなかでも蠱惑《こわく》にみちた陰影と色合いを見せていた。

いつも陽にさらされている部分は淡い蜂蜜色をしているが、内奥の秘められた肌はなめらかな乳白色をしていた。

乳房のふくらみからなだらかな腹部のくびれ、そこからせりだす厚みのある太腿と、それがあわさる深いくぼみに陰る淡い茂みが平蔵の目を奪った。

なめらかな腿をたどり、深いくぼみに手をすべらせると、波津の躰がかすかにふるえ、太腿をぎゅっとつぼめかけたが、すぐに平蔵の侵入を許すかのように全身の筋肉をゆるめた。

やがて平蔵の手は、波津が何年ものあいだ躰の奥深くに秘めてきた女の命の源にたどりついた。

六

男と女というのはなんと不思議なものだと思う。

半刻前までは、この屋敷の一人娘と居候というかかわりでしかなかったが、ただ躰と躰をつなぎあわせたというだけで、もう他人ではなくなってしまう。

それどころか平蔵は、いまや血をわけた兄よりも、波津のほうがはるかに身近な存在だと感じている。

そのかたわらで波津は安心しきったように、ひっそりと平蔵に寄り添い、静かな息づかいをもらしていた。

いとなみはきわめて緩やかな律動からはじまったが、口づけを何度も繰り返し、愛撫をかさねているうち、次第に波津の息づかいが乱れ、それが切迫した喘《あえ》ぎにかわっていった。

波津の両手はあたかも溺れるものが救いをもとめているかのように平蔵のうなじをだきしめ、白い喉を鋭くのけぞらせては何度も身ぶるいした。

その表情はあたかも苦行に立ち向かう受難の女人のように見えた。

間もなく波津は引きしぼった弓のように身をのけぞらせると、悲鳴のような鋭い声を絞りだした。

それが苦痛の声ではなく、満たされた歓びを告げる声であることは、波津の全身の筋肉が急速に弛緩《しかん》していくようすでわかった。

しばらくは身じろぎもしなかった波津は、やがて羞じらうように平蔵のかたわらに寄り添い、激しい動悸《どうき》を鎮めつつある平蔵をねぎらうように、そっと頰をすり寄せてきた。

平蔵が肩を起こしかけると、

「いや、見ないでくださいまし……」

波津はぎゅっと身をすくめ、平蔵の胸に顔をこすりつけた。

「恥ずかしい」

「うむ……」

「だって、わたくし、あのような、はしたない声を……」

「はて、わしには聞こえなんだがな……」

平蔵は指の先で波津の頰をつついた。

「もしやしたら、床下のコオロギめぐらいは聞いておったかも知れぬの」

「ま……」

波津がくすっと笑ったとき、渡り廊下の端にある厠《かわや》の戸がぎいっと鳴った。

「しいっ……」

波津が指を唇にあて、聞き耳を立てた。

「まるで、隠れん坊だの」

「もう……」

「ふふふ……」

平蔵がうっすらと汗ばんでいる波津の乳房に手をのばし、ふくらみをまさぐっていると、厠の戸がぎいっとしまる音がして、しめやかな跫音《あしおと》が廊下を遠ざかっていった。

「おきみですわ」

波津は若いほうの女中の名を告げた。

「わかるのか」

「それは、もう……おなみは肥えていますもの。跫音もちがいます」

「こうしていると、なにやら人目を忍ぶ仲のようだの」

「ほんと……」

波津は甘えるようにすがりついてきた。

「ずっと、こうしていたい」

「うむ……」

平蔵はぼそりと、つぶやくように言った。

「実はな。いまだから言うが、春になったら、ここからお暇《いとま》するつもりでいたのだ」

「え……」

「それがふんぎりわるく、いつまでもぐずぐずしておったわけが、そなたにわかるか」

波津は息をひそめて平蔵を見あげた。

「なぜで、ございます……」

「それはの。そなたが、ここにいたからだ」

「ま……」

波津の顔がみるみるうちに喜色に染まった。

「わしは、朝夕、そなたの声を聞き、そなたが一日きびきびと立ち働いている姿を見るのが楽しくてな。ここを去る決心がつかなんだ」

「平蔵さま……」

つぶやいた波津の双眸にみるみるうちに涙が噴きあげ、唇がふるえた。

「ただ、わしは見てのとおりの風来坊だからな。曲家の大事な一粒種のそなたとこのようなことになるなどとは露おもうたこともない。いくら風来坊でも、それくらいの分別はあった」

平蔵は腕のなかの波津を抱きよせ、苦渋《くじゅう》の色をうかべた。

「だがの、男の分別などというのはアテにならぬものよ。そなたをこの腕のなかに抱きしめた途端、分別などはどこへやら吹っ飛んでしもうた。ただ、もう、そなたを我がものにしてしまいたい。そのことしかなかった」

波津は瞬きもせず、まじまじと平蔵を見つめた。

「後悔なされているのですか」

「なんの、後悔など微塵《みじん》もない。ただ官兵衛どのが知ったら、なんと申されるかと思うと、な」

「その、ご懸念にはおよびませぬ」

波津は仰向いて、ひたと平蔵を見あげた。

「わたくし、平蔵さまが去られることになったら、すぐに後を追って、どこまでもついて行くつもりでおりました」

「ほう……」

平蔵はまじまじと波津を見つめた。

「父御《ててご》にも断らずに、か」

「ええ……」

「それでは、まるで駆け落ちだの」

「いけませぬか」

波津はくすっと笑った。

「いや、駆け落ちだろうが、道行きだろうが、わしはかまわぬが、そなたは官兵衛どのの一粒種、そうはいかぬ。いずれ、わしから官兵衛どのにきちっと話す。いざともなれば、もはや契《ちぎ》りをかわしてしまいましたと申せば、官兵衛どのも許してくれよう」

平蔵はまっすぐに波津を見た。

「それはともかくとして、わしは迷い蛍も同然の、お先真っ暗の、根無し草のようなものだぞ。それでも悔いはせぬか」

「はい……」

迷うことなく波津はうなずくと、平蔵の胸に頬をうずめてきた。

平蔵は波津の躰を抱きよせ、ささやいた。

「そなたとわしは、半分ずつの糸のようなものだな」

「半分ずつの、糸」

「うむ。どんな細い糸も二本縒《よ》りあわせればすこしは強くなろう」

「絆《きずな》……」

ポツンとつぶやいて、波津はひっそりと平蔵の胸に頬をうずめた。

うっすらと汗ばんだ女体のかもしだす匂いが、四半刻まえにくりひろげた濃密ないとなみを思い起こさせた。

音もなく流れこんできた涼風に隣室の行灯の灯りがゆらめいて消えた。

ふいに訪れた漆黒の闇が、なにやら、ふたりの行く手を暗示しているような気がした。

しかし、引き返す気は毛頭なかった。

どんな暗夜の道にも、いつかは光がさすものだ。

第四章　迷い蛍

一

　ここに、もう一匹、迷い蛍が紅梅町にいた。

　津山《つやま》啓之助はつい帰りそびれたまま、仰向けになって天井板のシミをぼんやり眺めながら、女の肩から腕をまわして乳首をいじっていた。

　女が身にまとっている紅絹《もみ》の長襦袢《ながジュバン》はわずかに袖《そで》をとおしているだけだ。

　ぼってりしたおおきな乳房はもとより、股間の茂みまでむきだしになっている。

　赤い帯締めは畳のうえでとぐろを巻いているし、箱枕はひっくりかえって不貞寝をきめこんでいた。

　掻い巻きは裏返しになって部屋の隅に追いやられたままだった。

　啓之助のほうも、ご同様にすっぽんぽんの丸裸だった。

股ぐらの竿《さお》もぐにゃりとなって、しばらくは役に立ちそうもない。

この部屋には酒食のための八畳の小部屋と六畳の寝間がある。

八畳間には格子のはまった張り出し縁があるものの、六畳の寝間のほうは三方が壁にかこまれているため、風通しが悪く、冬はともかく夏はたまったものではない。

ふたりが絞り出した汗と、女体がかもしだす甘酸っぱい匂いが室内にこもって噎《む》せかえるようだった。

枕行灯《まくらあんどん》しかない薄暗い部屋の隅の衣紋《えもん》掛けには啓之助の着衣がきちんとかけられ、小倉袴《こくらばかま》もちゃんと畳んで乱れ箱におさめられている。

花見小路では藩士、浪人の別なく、刀は二本とも登楼するときは刀部屋にあずけるのがきまりになっていた。

この『扇屋《おうぎや》』は花見小路では小店《こだな》の妓楼《ぎろう》で、娼妓《おんな》も十三人しかいない。

啓之助が馴染《なじ》みの女はここでは小鈴《こすず》とよばれているが、小鈴という愛らしい源氏名にはほど遠い大柄な躰つきだった。

年は二十一だといっているが、啓之助の勘では五つか六つはサバをよんでいるにちがいない。

子を産んだことはないというが、乳房は手鞠《てまり》のように丸くふくらみ、てっぺんの乳首はグミの実のような小豆色《あずきいろ》をしているし、乳房もおおきすぎる。もしかしたら子の一人や二人は産んでいるのかも知れない。ぽっちゃりした丸顔で器量よしとはいえないが、ただ雪国の越後生まれだけあって色白の肌は絹のようになめらかだった。

啓之助がこの小鈴を気にいっているのは、気性がおおらかなこともあるが、なによりも乳房がおおぶりで、よく肥えた躰をしているからだった。

母の乳の出が悪かったため、啓之助は喜代《きよ》という女中の乳で育った。

喜代は十八で城下の大工と婚し、赤子を産んだが、その子は産後の肥立ちが悪くて病死し、おまけに亭主はほかに女ができて夜逃げしてしまった。

子を亡くしたあとも乳がよく出て、痛いほど張るというので、啓之助の乳母がわりの女中として津山家に奉公にあがったのが、喜代だった。

喜代は骨惜しみせずによく働くし、行儀もよいということから、啓之助が乳離れしてからも津山家に奉公していた。

啓之助は乳離れしてからも喜代を慕い、喜代もまた啓之助に亡くした子を重ねあわせるらしく、悪戯《いたずら》盛りの啓之助の面倒をよくみてくれた。

啓之助は喜代のおおぶりな乳房を恋しがり、五、六歳ごろまでは人目を盗んで喜代の胸に手をいれては乳房をまさぐった。

そのころ、喜代は二十歳を過ぎていたが豊かな乳房をしていた。

人目を気にしてか「いけません、坊ちゃま」とたしなめたが、ほんとうはうれしいらしく、ときおり啓之助の手の侵入を受け入れてくれた。

啓之助は津山家の次男で、いずれは他家の婿《むこ》にはいることになるはずだったが、学問嫌いで、七歳からはじめた剣術に夢中になり、そのころ藩の指南役をしていた曲官兵衛の道場に入門した。

しかし、三年後、官兵衛は藩主の忠高が隠居したのを受けて道場を師範代の能《の》瀬吉十郎《せきちじゅうろう》に託し、生家のある九十九村にもどってしまった。

その後、啓之助はめきめきと腕をあげ、十六歳で能瀬から切り紙をもらうまでに上達したのである。

そのころ、喜代は三十路《みそじ》を過ぎていたが色白で顔立ちもよく、いくつかあった縁談も断って津山家に奉公しつづけていた。

啓之助がはじめて女を知った相手も、喜代だった。

喜代が津山家から暇をもらい出ていくと知った啓之助が、喜代の部屋におしかけ「おれを捨てるのか」となじったのが、そのきっかけだった。

そのとき喜代はまじまじと啓之助を見つめると、いきなり手首をつかみとり、

「坊ちゃま。今夜、九つになったら、だれにも知られぬようにして、ここに来てくださいまし」

と、耳元でささやいたのである。

そのとき、啓之助は十六歳になったばかりだった。

それまでも黄表紙本や淫らな絵草紙で、男と女がどういうことをするのか、おぼろげながら想像はしていた。

しかし、描かれている文言や絵があまりにも荒唐無稽でほんとうのこととは思えなかった。

ところが一、二年前からしばしば淫夢を見るようになり、その相手はきまって喜代だった。

淫夢のなかの喜代はおどろくほど放恣《ほうし》な姿態で啓之助を翻弄しつくした。

その喜代のしめやかなささやきには、なにやら蠱惑《こわく》の誘いが秘められているような予感がした。

それは十六歳の啓之助には抗いがたい誘いでもあった。

深夜、言われるままに忍んでいった啓之助を迎えた喜代は、無言のまま啓之助の手をとって夜具のなかに引きよせた。

夜具のなかの喜代は肌襦袢しか身につけていなかった。

喜代は引きよせた啓之助をひしと抱きしめた。

「坊ちゃま、喜代のいうとおりにしていてくださいまし……」

そう小声で言うなり、肌襦袢の胸をひらいて啓之助の手を乳房にみちびいたのである。

そのあとの甘美ないとなみを、啓之助は昨日のことのようにおぼえている。

それは淫夢で見た喜代の姿態よりも、はるかになまなましく、仕草も大胆で巧みに啓之助をみちびいた。

そのいとなみには、かすかな罪の匂いもあったが、そんなものをかなぐり捨てても悔いない、強烈な歓びに彩られていた。

ところが数日して、父から喜代が屋敷に薬を売りに来ていた越後の行商人に望まれ、後添えになったことを知らされた。

いまになってみると、あの夜のことは啓之助を男にするための喜代の置き土産だったような気もする。

しかし、あの夜、喜代がしめした痴態は、あきらかに男女のいとなみそのものだった。

もしかしたら、喜代はひそかに啓之助に女の悦楽をもとめたのかも知れない。いまになってみると、そのほうがすっきりと胸にはまる。

(なにせ、女子は三十させごろ、四十しごろというからな……)

大年増の喜代が十六歳の啓之助にその欲望の捌《は》け口をもとめたとしても当然のことだし、そう思うほうが、喜代の記憶も艶めいて楽しい。

二

(いまごろ、喜代はあれから越後で何人も子を産んで、おれのことなど忘れているかも知れんな……)

小鈴のもっちりした乳房を飽きずに愛撫しながら、啓之助はホロ苦い思いを噛みしめていた。

啓之助が小鈴のもとに通うようになったのも、小鈴が喜代の嫁《とつ》ぎ先の越後の生まれだということと、喜代とおなじように色白の大柄な女で、豊満な乳房をしていたからである。

「ンもう、啓さまったら……」

小鈴は白い腕を啓之助の首にまわし、太腿をすりよせた。

「そんなにお乳ばっかりいじられると気が変になってしまいますよぉ……」

鼻にかかった甘え声をもらしながら、女は汗ばんだ足をからめてきた。

「いいじゃないか。べつに減るわけじゃなし……」

「ねぇ、今夜は泊まってくださるんでしょ」

女はむくりと躰を起こすと、両腕をついて啓之助の上におおいかぶさってきた。双の乳房が重たげに啓之助の顔のうえでゆれている。

枕行灯の淡い火影《ほかげ》が赤い長襦袢を透かし、小鈴の白い女体を燃えるように染めている。

この店で小鈴はあまり売れっ妓《こ》の口ではない。

昼遊びの客がほとんどで、泊まりの客がつくことがすくないとこぼし、啓之助がくると泊まりをつけてくれとせがむ。

役もちの藩士は夜遊びで家をあける者は不届き者とみなされるし、商人や職人も日の暮れから、せいぜい五つ半（九時）ごろまで遊んで帰宅する。

泊まり客は旅人か、よほど女に惚《ほ》れこんだ道楽者と相場はきまっている。

泊まり客がすくないと楽ができるじゃないかと思うが、同輩への見栄もあるらしい。

「そうさなぁ……」

まだ啓之助はふんぎり悪く迷っていた。

ここから曲家まで、およそ二里半（十キロ）、急いで帰れば半刻（一時間）あまりだが、いまからだと潜り戸がしまっているから、また作造を呼び起こさなければならない。

「ふふ、行きはよいよい、帰りはなんとやらだ……」

「およしなさいな。夜道は物騒ですよ」

小鈴がおおきく股をひろげて啓之助の腰に巻きつけてきた。

「ホラ、今日は風花峠で辻斬りが出て、三人も藩のお役人が斬られたっていうんだもの。こんな夜更けに一人でのこのこ歩いたりしてたら、バッサリやられちゃいますよぅ」

「バカ。おれはそんなヤワじゃないぞ」

顔の前で重たげにゆれている小鈴の乳房をチョンと指でつついた。

「しかし、いまから帰るのも面倒だしな」

啓之助はようやくふんぎりがついたように、ウンとおおきくうなずいた。

「よし、泊まっていこう」

「ほんと……うわっ、うれしい」

そのまま上から覆いかぶさるようにドサッとしがみついてきた。

「よさんか、おい……」

乳房の谷間に顔がうずまりそうになって、小鈴の肥体をおしのけて起きあがった。

「そうとなったら、まず酒を二、三本と、それに何か肴《さかな》を頼んでくれ。……こっちのほうは、そのあとだな」

女の股間の茂みをポンとたたいて笑った。

「なにせ、もう二番もこなしたからな。酒でも飲まんと竿が目をさまさん」

勢いよく腰をあげ、夜具の外に蹴りだしてあった長襦袢をひっかけ、小鈴の帯締めを腰に巻きつけた。

小鈴が長襦袢のうえから半纏《はんてん》をひっかけて廊下に出ていくのを見送った啓之助は、二階の張り出し縁に腰をおろした。

格子の隙間から眼下の賑わいに目を落とした。

紅梅町はこれからが盛りである。

三

まもなく四つ（十時）になろうというのに紅梅町の客足は途切れる気配もない。

この町には一晩で数百両の金が落ちるという噂《うわさ》も、まんざら嘘ではない気がする。

遊客のほとんどは商人か職人だが、なかには二本差しの藩士もいる。

妻子もちの藩士や、身分のある上士は折り笠や頭巾で面体《めんてい》を隠している者が多いが、提灯《ちょうちん》や羽織の紋までは隠しきれない。

「ふっ、頭隠して尻隠さずとはこのことだな……」

つぶやいたとき、向こうのほうから二人の男がやってくるのが見えた。

一人は商人風の男で、もう一人は惣髪《そうがみ》の浪人者だった。

商人風の男は藩内でも並ぶものなしという富商の辰巳屋甚兵衛だった。

辰巳屋甚兵衛は藩内のあらゆる商いを牛耳っていて、この紅梅町の大店の大半も辰巳屋のものだという。

辰巳屋の顔は知っているが、啓之助の目をひいたのは浪人者のほうだった。月代《さかやき》を剃っていないところを見ると、主人もちの武士ではないことはたしかだが、黒の紋服に仙台平《せんだいひら》の袴をつけ、白足袋《しろたび》に草履《ぞうり》を履いている。仙台平の袴は上士でも内所が裕福な者しかつけられない高価な品だ。

しかも、辰巳屋のほうが愛想笑いをうかべ、あたかも機嫌をとるかのようにしきりに話しかけているにもかかわらず、紋服の侍はときどきうなずき返すだけで、辰巳屋など眼中にないようすだ。

侍が藩士でないことだけはたしかだが、辰巳屋が雇っている用心棒の侍でもなさそうだった。

辰巳屋の用心棒は卍組《まんじぐみ》といって、お仕着せの卍の三つ紋を染めぬいた着衣をつけ、袴は綿の小倉袴ときまっている。

それに藩の重役も一目を置いている辰巳屋甚兵衛が、一介の浪人者に満面に笑みをうかべ、ご機嫌をとっているのも奇異なことだった。

（あいつ、いったい何者だろう……）

啓之助が張り出し縁の格子に顔をくっつけて見おろしていたところに、小鈴が酒肴《しゅこう》の膳を手にもどってきた。

そのとき、ようやくまばらになってきた人影を突き飛ばし、一人の若侍が駆けてくるのが見えた。

刀の柄《つか》に手をかけ、疾風《はやて》のように突進してくる男の形相にはただならぬものがあった。

「お、新次郎《しんじろう》じゃないか……」

啓之助は目を瞠《みは》り、張り出し縁から腰を浮かせた。

その男は戸田《とだ》新次郎という、啓之助が少年時代に藩の学問所にかよっていたころからの幼馴染みだった。

また曲官兵衛の道場で剣術を修行した道場仲間の一人でもある。

穏やかな性格で、めったに人と争うようなことがなかった新次郎の顔が憎悪にゆがんでいる。

髷《まげ》もくずれ、無精髭のまま、裸足で疾走してくる新次郎の表情には鬼気迫るものがあった。

およそ真面目いっぽうの堅物で、紅梅町などという遊所には無縁のはずの男である。

遊客を突き飛ばし、まっしぐらに駆けてくる新次郎の双眸《そうぼう》は、まっすぐに辰巳屋甚兵衛の背中に向けられていた。

その気配に気がついた辰巳屋甚兵衛と、連れの侍も足を止めてふりむいた。

「辰巳屋っ!!」

新次郎は歯を剝《む》いて怒号し、辰巳屋甚兵衛の肩口に抜き打ちざまの一撃をふりおろした。

「思い知れっ」

白刃《はくじん》が紅灯の灯りを吸ってキラリと光った瞬間、だれもが辰巳屋甚兵衛が血しぶきをあげて倒れたに違いないと思った。

むろん、啓之助もそう思った。

しかし、路上に声もなく崩れ落ちたのは、辰巳屋甚兵衛ではなく斬りつけた新次郎のほうだった。

「新次郎!?……」

啓之助は思わず、目をひんむいた。

斬ったのは辰巳屋の連れの侍だったが、おそらく間近にいた辰巳屋甚兵衛もわからなかっただろう。

それほどに、侍が遣った剣は迅速だった。

啓之助の目にも、侍の刃《やいば》が鞘走《さやばし》った瞬間の残像しか残っていなかった。

（あれが、居合いか……）

啓之助は、一瞬、息をつめて呆然としたが、われにかえって部屋を飛びだそうとして、だらしなく長襦袢に女物の帯締めを巻きつけただけのおのれの格好に気づいた。

急いで半纏をひっかけると、階段を駆けおりて表に走り出た。

すでに黒山のように人だかりができていて、早くも奉行所の同心が下役をしたがえ出張《でば》っていた。

その人だかりをかきわけ前に出た啓之助は、路上に突っ伏している新次郎のかたわらに膝をつくと、肩に手をかけてゆさぶった。

「新次郎っ。なぜだっ。なぜ、こんなことを……」

新次郎は肩から胸にかけて深ぶかと斬り割られていたが、血溜まりのなかで辛うじて息をしていた。

啓之助の声が聞こえたのか、ふるえる手をのばし、啓之助の手をつかむと、かすかにつぶやいた。

「お、おたえ……」

「なにぃ、なんて言ったんだ」

「………」

新次郎はカッと目を見ひらきかけたが、そのまま力尽きたかのようにフッと双眸をとじてしまった。

「新次郎っ、おい、しっかりしろっ……」

啓之助は声を張りあげ、新次郎の躰をつかんでゆさぶった。

そのとき、何者かが啓之助のうしろから肩に手をかけた。

「もう、やめろ。息絶えておる」

「なにぃ」

憤然としてふりかえった啓之助に宥《なだ》めるような目を向けたのは、徒目付《かちめつけ》を務めている杉内耕平《すぎうちこうへい》だった。

「杉内さん……」

杉内耕平は啓之助より七つ年上だが、新次郎とおなじく官兵衛が城下で道場をかまえていたころ、熱心に稽古をつけてくれた同門の先輩で、若いころは啓之助の屋敷にもよく遊びに来ていた。

杉内の家は禄五十石、啓之助の家とは身分違いだったが、耕平は剣術ばかりではなく、頭脳明断で、啓之助の父の監物《けんもつ》も「あれは徒目付などにしておくには惜しい男だ」と評している男だった。

「こんなことになりはせんかと案じていたが、止めようがなかった」

杉内は憮然として嘆息した。

「それは、どういうことです……」

啓之助が問いかけようとしたとき、新次郎を斬った侍が辰巳屋甚兵衛とともに何事もなかったかのように遠ざかっていくのが見えた。

しかも、いつの間に現れたのか卍組の侍が三人、辰巳屋の背後を固めるようにぴたりとつきしたがっている。

彼等は卍組のなかでも、紅梅町を仕切っている連中だった。

「このまま、あいつらをほうっておくんですか」

啓之助は憤然として杉内に食ってかかった。

「杉内さんは徒目付でしょう。目の前で藩士が斬られたというのになにもしないんですか」

「城下のもめごとは町奉行所の管轄ときまっている。同心も出張ってるんだ。おれの出る幕じゃない」

「そんな……」

「おまえの気持ちはわかるが、先に斬りつけたのは新次郎のほうだ。しかも、新次郎は商人の辰巳屋甚兵衛に背後から斬りかかったんだぞ。おれも見ていたし、だれもが見ていた。非はあきらかに新次郎にある」

「うっ……」

「斬ったのは古賀宗九郎という男だが、弓削さまの客人だそうだ」

「え……」

　啓之助は声を呑んで絶句した。

「あの男が新次郎を斬らなければ辰巳屋甚兵衛が斬られていたろうよ。あの男はいわば辰巳屋甚兵衛の命を救ったことになる。おまけに、それが弓削家老の客人とくれば、大目付でもおいそれと咎《とが》めだてはできんだろうな」

「………」

　弓削内膳正は藩政を一手に掌握している権力者である。

　その客とあれば、たかが徒目付の杉内耕平ではどうすることもできないのは火を見るより明らかなことだった。

「それにしても、新次郎は、なぜ、こんなことを……」

「くだらん私怨だよ、新次郎の」

「私怨……」

「ああ、いわば新次郎は気ぐるいしたようなものだ」

「わけを知っているんですか」

「どうしても知りたいのなら、まず身なりをあらためてくるんだな。腰の物もなく、女郎屋の半纏をひっかけたまんまの、だらしのない格好で紅梅町をうろちょろする気か」

「あ……」

「おれは、この先の『やすけ』にいる」

そう言うと杉内は背を向けてサッサと立ち去った。

ふたたび賑わいをとりもどした紅梅町の紅灯に背を向けた杉内の孤影に、寂寥《せきりょう》が色濃くただよっていた。

第五章　明　暗

一

紅梅町には娼妓を売り物にする扇屋のような妓楼のほかにも、酒だけ飲ませる店もあれば、櫛《くし》、簪《かんざし》、紅白粉《べにおしろい》など、女が相手の店もあるし、通りには蕎麦や鮨、饅頭や団子を売る屋台まである。

『やすけ』は町の入り口に近い路地の奥にある一杯飲み屋で、亭主の弥助《やすけ》は髪に白いものがまじりかけているものの筋骨はたくましく、破落戸《ごろつき》などは弥助にひと睨《にら》みされただけですくんでしまうという。

身なりをととのえた啓之助が店にはいっていくと、弥助は奥のほうに目をしゃくってみせた。

杉内耕平は店の奥にある小部屋で飲んでいた。

啓之助の顔を見ると、杉内は「まぁ一杯やれ」と盃をつきつけた。

「新次郎のカタはついたか」

「ええ、まぁ……」

啓之助は釈然としない顔でぶすっとしていた。

「あっという間に戸板に乗せられ、菰《こも》をかけられたまま運ばれてしまいました」

「戸田の家の者はだれもこなかったろう」

「一人も……」

「ま、そうだろうな。この先、戸田の家がどうなるかということで家の者は青くなっているんだろうよ」

杉内は太い溜息をもらした。

「あんなことをやらかすとわかっていりゃ、おれも止める手だてがあったろうが、あいにく、いま、おれはほかの仕事で動いているんでな。よけいなことにかかわるわけにはいかんのだ」

「ほかの仕事とはなんです」

「そんなことをペラペラしゃべるようじゃ徒目付はつとまらん」

杉内はドスのきいた目で睨みつけた。

「………」

「それにしても、新次郎のやつもバカなことをしたもんだ。辰巳屋甚兵衛の身辺にはいつも卍組という腕のたつ浪人者がはりついているんだぞ。新次郎の腕じゃ太刀打ちできんのはわかりきったことだ」

「さっき、杉内さんは私怨だといいましたが、いったい新次郎のやつ、なぜ、あんなことをやらかしたんです」

「女さ」

「おんな……」

「ああ、新次郎が死ぬ間際におまえにもらしたろうが……」

「あ。それじゃ、おたえというのは」

「女の名前さ。新次郎の気ぐるいのもとは、そのお妙という女だよ」

「あの堅物の新次郎が、女に……」

「おなごというのは怖いものでな。ひとつ間違うと新次郎のような堅物でも身を滅ぼす」

　杉内はじろりと啓之助を一瞥《いつべつ》した。

「おまえも、このところ、扇屋の小鈴にだいぶ入れあげているようだな」

「いや、入れあげるなんて、そんな……」

「まぁ、いい。小鈴はオッパイがでかいのだけが取り柄のような女だが、気だてだけはいい女だからな。おまえの足をひっぱるようなことはなかろうよ」

杉内はうなずいて目に笑みをにじませた。

「おまえが小鈴を気にいってるのは、おまえの乳母だったお喜代さんに似ているからじゃないのか」

「え……」

「ふふ、図星らしいな」

「おれがどんな女と遊ぼうとほっといてください」

啓之助は仏頂面になってグイと盃の酒を飲み干した。

「まぁ、いい。若いんだから女遊びをするなとは言わんが、ほどほどにしろよ。その一本気なところが、おまえの美点だが、美点は短所にもなる。父上を嘆かせるようなことだけはするなよ」

「………」

杉内耕平には、むかし、城下の塗師町の曲道場に通っていたころに稽古でさんざんしごかれただけに、いまだに頭があがらない。

「ところで杉内さん。その新次郎が入れあげていたという、お妙という女は紅梅町にいる娼妓《おんな》なんですか」

「おい、勘ちがいするなよ。お妙はおまえが思っているような遊女なんかじゃない。新次郎とおなじ普請組の桑田喜平治《くわたきへいじ》の跡取り娘で、いずれは新次郎が桑田の家に婿《むこ》入りして妻になるはずの娘だったのよ」

「え……それじゃ、許婚《いいなずけ》」

「ま、そういうことだ」

杉内はなんとも言えぬホロ苦い目になった。

「ところが、喜平治どののご新造が重い病いにかかられてな。医薬の金策に窮して、辰巳屋甚兵衛から金子《きんす》を借りようとしたらしい」

「辰巳屋から、金を……」

辰巳屋は藩内のあらゆる商いを手がけているが、金貸しもしていて、藩も辰巳屋から莫大な金を借りているということだ。

扶持《ふち》三十五石しかない軽輩の桑田喜平治が金策に窮したら、辰巳屋に借金を頼みにいくしか手はなかったろう。

「入り用は五両だったそうだが、辰巳屋はなんと証文もとらずに、黙ってポンと

「条件つきだがな」

「もしかすると辰巳屋は、その、お妙という娘御に目をつけて、おのれの妾《めかけ》にしようと……」

ふいに啓之助の目が険しくなった。

「条件つき……」

三十両もの大金をだしたらしい。むろん、条件つきだがな」

「ま、それに近いが、ちょいと違うな。辰巳屋は金には貪欲な男だが、お妙のような生娘《きむすめ》にはトンと関心がない。どちらかというと脂のこってり乗った年増女が好みらしい」

「じゃ、三十両はなんのために……」

「いいか、これは口外無用だぞ」

杉内は厳しい眼差しになると、念を押した。

「下手にあちこちでしゃべったりすると、二人ともコレもんになりかねん」

チョンと首を手刀でたたくと、ふふっと苦笑した。

「ま、藩のお偉方のおおかたは知っているだろうが、口は災いのもととも言うからな。おまえの胸だけにしまっておくことだ」

啓之助は無言でうなずいた。

「なんでも、お妙という娘は仲間内では評判の器量よしだったらしく、辰巳屋もそれに目をつけたことはたしかだが、目当ては弓削さまのご機嫌とりのためだったのよ」

「弓削さま、の……」

啓之助は双眸《そうぼう》を見ひらき、凝然と杉内を見かえした。

さっき新次郎を斬った古賀宗九郎とかいう男も、筆頭家老の弓削内膳正の客だと聞いたばかりである。

「ご家老の色好みは藩でもたいがいの者は知っていることだが、近年は年寄ったせいか手つかずの生娘にやたらと目をつけるようになったのよ。むろん、おまえの父上もご存じのはずだと思うがね」

「………」

そう言われても、啓之助は父と話し合ったことはほとんどない。

父の津山監物は禄高九百石、差立番頭《さしたてばんがしら》を務めている。

差立番頭は家老や郡代とともに藩政にたずさわる要職である。

啓之助の兄の真一郎《しんいちろう》は近習組《きんじゅうぐみ》に出仕するようになって、いまは参勤交代で江戸の上屋敷にいる藩主の君側に仕えている。

津山家の先祖は藩祖の血筋につながる家柄で、家老を出したこともある名門でもある。

杉内の言うとおり、弓削内膳正の好ましからぬ性癖は、むろんのこと父の監物も知っているだろうが、啓之助が剣術に没頭して屋敷にいることが少なかっただけでなく、また父もそうした藩政にかかわることは口にしなかったし、兄の真一郎も、父とおなじく藩政のことは口にしなかった。

いまになってみると、そういう藩上層部のことについて、啓之助だけは蚊帳《かや》の外だったような気がする。

おそらく、いずれは他家に養子に出ることになる次男の啓之助には余計なことを耳にいれまいという父や兄の配慮だったのだろう。

「つまり、お妙どのは三十両の見返りとして、弓削家老の人身御供《ひとみごくう》になったということですか」

「おい、ちと言葉をつつしめ。廓《くるわ》に身売りするわけじゃなし、人身御供はなかろうが。あくまでも表向きは奥女中として奉公にあがったんだからな」

「そんなおためごかしはよしてください。表向きはどうでも身売りしたもおなじことでしょう」

「ま、早く言えばそういうことになるが、ちと違うな」

「どう違うんです」

「いいか、わしが聞いたところによると、お妙という娘はすんなりと弓削さまのもとに奉公にあがることを受け入れたそうだ」

「すんなり、と……」

啓之助は啞然《あぜん》とした。

「じゃ、お妙どののほうから、新次郎をあっさり袖《そで》にしたということですか」

「ああ、そうだ。早く言えば新次郎を婿に迎えるよりも、弓削さまの側妾《そばめ》になる口をえらんだということになる」

「……………」

しばらく啓之助は言葉を失った。

「まぁ、わからんでもないが、な……」

杉内は皮肉な笑みをうかべた。

「考えてもみろ。新次郎を婿に迎えたところで三十五石の扶持が一石でもふえるわけでもない。食い扶持が一人ふえるだけで生計《たつき》が苦しくなるだけのことだ。いいことなんかひとつもありはしない」

「しかし、いくら貧しくても、若い娘なら新婚のときめきというものがあるはずでしょう」

　啓之助は食ってかかった。

「あんなヒヒ爺ぃの鼻毛をうかがうより、女子《おなご》としちゃ、ずんと幸せだと思いますがね」

「おまえも、わかっちゃいないな」

　杉内は木で鼻をくくるように嘲笑《あざわら》った。

「おまえは三十五石の扶持取りの家の暮らしというのがどんなものか、とんとわかっちゃいないのさ」

「…………」

「いいか、三十五石といっても十石は藩に借り上げられるから、実質は二十五石にしかならん。日々、家族が内職にはげんでも、食っていくのがやっとだ。そんな暮らしが、この先、えんえんと死ぬまでつづくんだぞ」

「しかし……」

「ま、聞け。おまえは新婚のときめきがどうのとほざいたが、普請組の住まいがどんなものかぐらいは、おまえも知っているだろう」

「え、ええ。それは、まぁ……」

啓之助は十五、六のころ、一度、新次郎を訪ねて、普請組の組屋敷にいったときの情景を思いうかべた。

普請組の組屋敷は四十石以下の軽輩の住まいが軒をつらねていた。

そのとき新次郎といっしょに隣家の桑田喜平次の組屋敷にいったのだ。

桑田家の敷地は百五十坪から二百坪ぐらいあったが、裏は畑になっているため部屋数は台所の板敷きの間をいれても六畳間が四部屋あるだけだった。

祖母をいれて六人の家族が住むにはぎりぎりという間取りだった。

雨漏りのシミがにじんだ天井板、畳の縁もすりきれ、襖《ふすま》も障子もつぎはぎだらけで、母親は台所の板の間で賃仕事の縫い物、娘二人が土間に敷いた莚《むしろ》に座って竹細工の虫籠《むしかご》造りの内職をしていた。

二人の身なりは垢《あか》じみてこそいなかったが、見るからに粗末な着物だったのに啓之助は卜胸を突かれたことを覚えている。

母親はまだ喜代とおなじ三十代の女盛りのはずだが、血色が悪いせいか喜代より十歳は年寄って見えた。

そのとき啓之助は、はじめて身分の違いというものを目《ま》の当たりにして、なにやら後ろめたい気になった。

以来、普請組の組屋敷を訪ねたことはない。

二

——そうか……。

あのとき、土間で虫籠を編んでいた上の娘がお妙だったのか。

「おい。ぼけっとして、なにを考えているんだ」

「いや、お妙という娘を一度見たことがあるんですが、どんな顔立ちの子だったか思い出せなくて……」

「バカ。女子なんてのは五年もたてばころっと化けるもんだ。おれの女房も嫁にきたころは可愛いもんだったが、いまじゃ赤子に乳を飲ませながら股座《またぐら》おっぴろげて鼾《いびき》かいていやがる。色気のイの字もありゃしねぇ」

杉内は舌打ちしてから、にんまりした。

「ま、そのかわり朝帰りしようが、酔っぱらって帰ろうが、口うるさいことは言わんから助かっておるがな」

「つまりは、うまくいってるということじゃないですか」

「ン……」

杉内の妻は啓之助もよく知っているが、ぽっちゃりした丸顔で、気性も明るく嫌みのない女性である。乳飲み子がいれば、たまにはうたた寝もするだろうし、鼾もかくだろう。

杉内の毒舌は額面通りに受け取るとバカをみる。

「おれには、なんだか惚気《のろけ》のように聞こえますがね」

「こいつ……」

杉内は目をパチクリさせると、

「きいたふうな口をきくな」

チッと舌打ちして、ぐいと身を乗り出した。

「ともかくだ。桑田の家は喜平治夫婦のほかに祖母もいる。お妙の下には妹もいるんだぞ。そこに新次郎が婿にはいってみろ。どこに寝るにしても、夫婦が睦《むつ》みあうのもままならんだろうよ。ええ、そんな新婚所帯のどこに、甘いときめきがある」

「………」

「どうだ、わかったか。お妙にしても、べつに惚《ほ》れていっしょになるわけじゃなし、実質は二十五石しかない貧乏所帯の家督を継ぐために新次郎を婿に迎えるだけのことだ。もし、お妙が長女に産まれてなきゃ、あれほどの器量よしなら上士の家に嫁《とつ》ぐこともできたろうよ」

杉内は盃の酒をぐいと飲み干し、仮借ない目を啓之助に向けた。

「女子というのはな。股座に毛も生えそろわない小娘のころから、てめぇの器量がどれほどのものか、しっかり天秤にかけてるもんだぜ」

杉内は吐き捨てるような口調で、なんともえげつない言い方をした。

「おめぇも知ってるだろうが。八百屋の娘でも、とびきりの別嬪《べっぴん》さんに生まれりゃ、公方《くぼう》さまの側室にだってなれるのが女子ってもんよ。それで世継ぎの赤子でも孕《はら》んでみろ。公方さまの産みの母ってんで栄耀《えいよう》栄華も思いのままよ」

杉内が言っているのは将軍・綱吉《つなよし》の生母、桂昌院《けいしょういん》のことだと啓之助にもすぐにわかった。

「ま、そううまい具合にゃいかねぇだろうが、お妙ぐらいの器量よしの女子にとっちゃ、新次郎との縁組は、そんなにうれしくはなかったんだろうよ」

「…………」

舌鋒鋭い杉内の毒舌を聞きながら、啓之助は返す言葉もなく、憮然として盃をかたむけた。

「なにせ、新次郎は律儀だけが取り柄みたいな男だ。新次郎が桑田の婿に入ったところで実入りがふえるわけじゃない。おまけにぽこぽこ赤子《やや》でも産まれてみろ。それこそ、お妙は化粧なんぞそっちのけで髪ふり乱し、子育てと内職に追われることになるのが目に見えている。なまじ器量よしに生まれただけに、お妙としちゃ新次郎との縁組なんぞうれしくはなかろうよ」

「………………」

まるで身も蓋《ふた》もない言い方だったが、たしかに実情は杉内の言うとおりだと啓之助も思わざるをえない。

「お妙にしてみれば、べつに新次郎に惚れてたわけじゃなし、いっそのことご家老の側妾になったほうがまし、という気になったとしても責められはせん」

杉内は口をへの字にひんまげた。

「げんに、お妙が弓削さまの側妾にあがることを承知した途端、辰巳屋は祝い金という名目で百両もの大金を届けてきたし、父親の桑田喜平治はうだつのあがらん普請組から賄方《まかないかた》の奉行にとりたてられたんだぞ」

「え……まさか」

「なにが、まさかだ。真逆《まさか》の逆《さか》などいくらでもある。……ついでに、喜平治どのは禄高も百五十石に加増され、住まいも前よりはずんと広くなった。賄方の奉行は出入りの商人からの付け届けも多いから、実入りもずんとよくなった。ま、娘
の臀《しり》で出世したと陰口をたたかれてはいるが、内心ではみんな羨《うらや》んでいるだろうよ」

杉内は役目柄、流行《はやり》の巻き舌でまくしたてた。

「しかし、お妙どのから袖にされた新次郎のほうはやりきれんでしょう」

啓之助は食いさがった。

「腹に据えかねたのも、無理はないと思いますよ」

「ああ、そりゃそうだろう。お妙は評判の器量よしだからな。新次郎のほうはぞっこん惚れておったんだろう」

「じゃ、新次郎は惚れた女にふられた恨みを晴らすために辰巳屋を斬ろうとしたってことですか」

「ま、そういうことだ」

「そんなバカな。お妙を横取りしたのは弓削家老じゃないですか」

「うむ。ちと筋違いという気もせんではないが、お妙をとりもったのは辰巳屋だからな。それに新次郎にしてみりゃ、弓削家老を斬るほどの度胸はなかったんだろうよ」

　杉内は揶揄《やゆ》するような目を向けた。

「だから新次郎は筋違いでもなんでもいい。どこかに恨みの捌《は》け口をもっていきたかったんだろうな。その恨みの捌け口が、お妙を弓削家老にとりもった辰巳屋甚兵衛だったというところだろう」

「…………」

「ま、おまえは知るまいが、筋違いの恨みで刃傷沙汰《にんじょうざた》になった例はいくらでもある。怖いもんよ。男と女子の仲というのはな」

「…………」

「新次郎の気持ちはわからんでもないが、心がわりした女にいつまでも恋々《れんれん》としていてもラチはあかん。あいつは、どこかできっぱりケリをつけなきゃいけなかったのさ」

「ケリ、ですか」

「そうさ、ケリをつけるときはスパッとつける。それができんような男は、女にもコケにされるだけだ」

杉内はひょいと首をまげてポンポンと手をたたいた。

「おーい、弥助。酒が切れた。冷やでいいから二、三本もってこい」

三

「ううむ、うまい」

弥助がもってきた冷や酒をぐいと飲みほし、杉内は満足そうに舌を鳴らした。

「夏は、やはり冷やにかぎるな」

ウンとひとつうなずいて、杉内は徳利の冷や酒を啓之助にもすすめた。

「ところで先生のところに江戸から来たという神谷平蔵とか申す男、なかなかの遣い手らしいが、腕前のほうはどうなんだ」

「てんで相手になりません」

「うむ。というと、それほどでもないと……」

「いや、その逆です。稽古をつけてもらってはいますが、こっちの竹刀《しない》はかすりもしません」

「ほう。能瀬道場の免許取りのおまえが、か」

「免許なんてクソの役にも立ちませんよ」

啓之助は自虐《じぎゃく》気味に吐き捨てた。

能瀬道場というのは曲官兵衛が藩の指南役を辞したあと、師範代だった能瀬吉十郎が跡をひきついだ道場だ。

啓之助が免許を許されたのは能瀬に代わってからだ。

能瀬は温厚な人柄で、教え方も懇切で門弟の評判もよかったが、官兵衛のような峻烈《しゅんれつ》さはなかった。

啓之助はそれが物足りなくて、九十九村に隠遁《いんとん》した官兵衛を訪ね、懇願し、内弟子にしてもらったのだ。

「ははぁ、きさまがそう言うところをみると、その神谷平蔵というのは相当な遣い手のようだな」

「ええ。なにしろ神谷さんはふわっと立っているだけでスキだらけのように見えるんですが、いざ打ち込んでいくと竹刀をあわせる前にピシッときめられてしまうし、捨て身で突きを試みても竹刀を巻きとられ、小手か胴をとられてしまわれながら情けなくなりますよ」

啓之助は憮然としたようにぼやいた。

「ふうむ。つまりはモノが違うということか……」

「曲先生に言わせれば、それが道場の竹刀剣術と数えきれないほど白刃《はくじん》の下をかいくぐってきた神谷さんとの違いだそうですが……だからと言って、やたらに真剣をふりまわすというわけにはいきませんからね」

そう言って啓之助は盃の酒をぐいとあおると、たてつづけに徳利の酒をついでは飲み干した。

「ははぁ、このところ三日にあげず小鈴のところに通いつめているのはそのせいだな」

「え……」

「ふふふ、男が女にのめりこむのは家にいるのがイヤになったときか、なにかに迷いが生じたときと相場はきまっている」

杉内は徳利の酒を啓之助の盃についでやりながらニヤリとした。

「おまえが家のことで悩むようなことはありはせん。おまえは子供のころから剣術に打ち込んできただけに、神谷どのに手もなくあしらわれてガックリしたんだろうよ」

「………」

「たしかに道場の竹刀剣術と命がけの修羅場とはまるで違うさ。おれも徒目付という役目柄、狂い者の藩士を討ち取りに出向いたり、浪人者の凶状持ちの始末を命じられたこともあるが、いざ、真剣を手にした相手と向かい合うと、初手はだらしなくションベンをちびりそうになったもんさ。事実、おわってから漏らしていたこともある」

「杉内さんが……」

「ああ、ションベンが股座から脛《すね》をつたって足袋《たび》まで濡らしたときは、なんとも情けないやら、恥ずかしいやらでキンタマもちぢみあがったもんだ」

杉内はホロ苦い目になった。

「おまえも真剣の素振りをしたことがあるだろう。真剣と竹刀では重さも違えば切っ先の走りも違う。大気を切り裂く音からして違う。だいいち、相手の真剣が肌身にふれただけで皮膚が切り裂かれ、骨も断ち切られる。……その恐怖が身をすくませ、気力を萎《な》えさせる」

「………」

啓之助は食い入るように杉内の顔を見つめていた。

「神谷どのにも聞いてみるがいい。きっと神谷どのも初手はそうだったに違いないはずだ」

啓之助は無言でうなずいて、かすかに溜息をもらした。

「先は遠いなぁ……」

「ふふふ、おまえと、神谷どのとはいくつ年が違う」

「たしか、七つ違いのはずです」

「みろ。若いときの七つ違いは大変なものだぞ。ま、ヤケを起こさずに精進することだな。おまえには剣才がある。だからこそ、曲先生も内弟子にしてくださったんだろうが」

「はい……」

啓之助は神妙な顔つきでうなずいた。

「なんだか、スッキリしました」

明るい表情になり、啓之助は盃を手にしてぐいと飲み干した。

「ところで、今日、風花峠で山同心が三人も斬られていたそうですが、下手人の行方はわからんのですか」

「うむ。……斬り口を見たが、いずれも一太刀でやられている。それも相手は一人だと見た」

「一人で、三人を……それは、また」

「一人は刀を抜いていたが、刃こぼれひとつなかったところを見ると、刃《やいば》をあわせる間もなくやられたとしか思えん。おそらくは居合いだな」

「居合い……」

思わず啓之助は目を瞠《みは》った。

「杉内さん。さっき、新次郎が斬られたのも」

「おい、めったなことを言うな」

「ですが……」

「言いたいことはわかっている。わしも見ていた。あれは、たしかに凄まじい居合いだった。……だがな、大目付の調べによると、あの古賀宗九郎という男は三日前から、すでに領内にはいっていたそうだ。しかも風花峠越えではなく、飛驒口のほうからはいったということだ」

「大目付の渋井《しぶい》さまの仇名《あだな》をご存じでしょう。寝牛《ねうし》ですよ、寝牛。図体だけはでかいが、いつ目をさますのかわからんようなおひとですよ。そんな調べなんかアテになるもんですか」

「おい、渋井さまは押さえるところはちゃんと押さえるおひとだぞ。斬られた山同心は前からとかくの噂《うわさ》があった連中でな。われわれ徒目付もうまい具合に厄介払いができたと思っているくらいだ。渋井さまとしても、下手人の詮議《せんぎ》に目の色変える気にはなれんというのがほんとうのところだろうよ」

大目付の渋井玄蕃《げんば》は、杉内耕平の上司である。

図体がでかいわりに目がちいさく、いつも居眠りしているように見えるところから寝牛の仇名がついているが、十数年も大目付の座について小ゆるぎもしないところをみると、杉内の評価のほうが存外正しいのかも知れない。

「しかし、それとこれとは……」

「別だと言いたいんだろう」

「え、ええ……」

「しかしな。岳崗藩は四方を山にかこまれている山国だぞ。人目につかず領内にはいるぐらいわけもないことだ。古賀宗九郎という浪人が、いつ、どこから領内にはいったのか、そんなことを確かめようにも、手だてなどありはせん」

「それは、そうですが……」

「それにだ。あの男は弓削家老が招かれた客人なんだぞ。徒目付風情が口をさし挟む領分じゃない」

　啓之助が不服そうに口をとがらせたとき、弥助がやってきて杉内になにか耳打ちした。

　うんうんとうなずいた杉内の目がかすかに曇った。

　弥助がもどったあと、杉内はしばらく目をとじていた。

「あいつらが葛《くずの》廼家《や》でだれかと会ってるんですか」

「聞こえたのか」

「ええ。まぁ……」

　杉内はニヤリとして声音《こわね》を落とした。

「あの、弥助という男はな。おれの親父が耳役《みみやく》に使っていたんだが、うちの女中といい仲になって、この店をもたせてやったのさ。それを恩にきて、おれのためにときどき耳役をしてくれているのよ」

　耳役というのは探索の耳目に働く、いわば隠密である。

　仕事柄、盗人《ぬすっと》などの凶状持ちが捕縛されて改心し、耳役をつとめることが多いが、弥助もおおかたその口なのだろう。

　そういえば弥助にはどことなく腹の据わった強面《こわもて》するところがある。

「弥助の耳は地獄耳でな。ここにいるだけで紅梅町のようすが手にとるようにわかるのよ」

「いいんですか、おれにそんなことをバラしても……」

「おまえは無鉄砲なところはあるが、口の堅い男だ。それに、これは津山さまのためでもある」

「親父、の……」

「ああ、おれは藩の徒目付でもあるが、むかしから、れっきとした津山派なんだぞ。おぼえておけ」

藩内には弓削派と津山派があることぐらいは啓之助も知っている。

次男坊の啓之助は、藩内の勢力抗争には無縁の存在だが、それでも杉内耕平のような男が、父の味方だということは喜ばずにはいられない。

「いま、弥助から耳にしたところによると、どうやら弓削家老が、辰巳屋や卍組の連中と、さっきの古賀宗九郎とかいう浪人者といっしょに葛廼家で会っているらしい」

「………」

啓之助は憮然として沈黙した。

四

『葛廼家』は紅梅町の奥にある料理茶屋で、客は高禄の藩士か裕福な商人にかぎられ、辰巳屋は大事な客の接待や商談にはかならずここを使う。

接客の座敷女中はえりすぐりの美女ばかりで、伽《とぎ》もするが一夜の枕代が三両から五両という高値だという噂だった。

葛廼家の裏は十間（十八メートル）幅の水路に面していて、抱えの船頭が客の送り迎えもするし、春は屋形船で花見の宴を、夏から秋にかけては蛍や月を愛でる宴を楽しむこともできる。

風流好みの弓削内膳正が、この葛廼家をよく使うことでも知られていた。

「新次郎もバカだ……」

啓之助が口をひんまげ、吐き捨てた。

「あいつは、斬るべき相手をまちがえた。おなじ斬るなら、張本人の……」

「おい。めったなことを口にするな」

杉内耕平が怖い目になってピシリときめつけた。

「きさまは日頃から軽挙妄動《けいきょもうどう》の嫌いがある。こころして慎むことだな」

啓之助はムッとして何か言いかけたが、やめた。

「いいか、啓之助。きさまは部屋住みの気楽な身分とは言っても、きさまがおかしなことをすれば父上の身に跳ね返ってくる」

杉内は声をひそめて啓之助を見つめた。

「いま、藩内で弓削家老が一目置いているのは、きさまの父御の津山監物どのだけだ。まちがっても監物どのの足をひっぱるような真似だけはするな。いいか、このことだけは肝に銘じておけ」

「というと、なにか、いま藩内に紛争の火種でもあるんですか」

「いまはない。が、どうもキナ臭い」

杉内は眉根をぐいと寄せ、口をへの字に引き結んだ。

「ご家老がこの深夜にわざわざ葛西家に出向いて辰巳屋甚兵衛と会っておられるというだけでもタダごととは思えんが、そこに古賀宗九郎などという得体の知れぬ浪人者が同席しておるというのも気にいらん」

「辰巳屋甚兵衛は岳崗藩にとっては百害あって一利なしという男ですよ。なぜ、あんな守銭奴をいつまでものさばらせておくんですか」

「ふふふ、青臭いことを言いやがる」

杉内はぐいと盃をあおって憫笑《びんしょう》した。

「おまえ、田んぼがカラカラに干上がってしまうような日照りつづきと、川が氾《はん》濫《らん》するような長雨とどっちがいいと思う」

「え……」

「どっちも具合悪いだろう。なんだって、ほどほどがいいのはわかっちゃいるが、世の中はそううまくはいかねぇ」

「…………」

「おまえも八年前の富士山の大噴火を覚えているだろう」

「え、ええ……」

「あのとき藩の財政は火の車になった。その危機をなんとか乗り切れたのは、弓削家老が辰巳屋から二万両という大金を引き出したからさ。むろん、それに見合う利権とひきかえにという条件つきだったが、その金で藩が窮地を脱したことも事実だ」

「…………」

「銭はなきゃ困るが、銭がからめば人は向こう先が見えなくなるもんでな。……

ま、悪女の深情けみたいなもんさ。はまりこんだら最後、がんじがらめになって身動きもできなくなる」

「つまり、辰巳屋が悪女ということですか」

「なに、辰巳屋に言わせれば、藩が悪女だというかも知れんぜ。なにせ、いまや辰巳屋は藩にとっちゃ打出の小槌みたいなもんで、金繰りに困れば辰巳屋に頼るしかない。女郎が金に困れば金持ちの客にたかるようなもんさ」

杉内は口をひんまげて吐き捨てた。

「くわしい金額はおれなんぞにはわからんが、これまで藩は辰巳屋から莫大な借金をしているはずだ。ま、言ってみりゃ辰巳屋は藩のキンタマを握っておるようなもんだろう。ご家老にいたってはキンタマどころか、竿《さお》までつかまれている始末だ」

杉内は仮借なく藩政を弾劾した。

「じゃ、辰巳屋が女郎屋で、弓削家老は抱えの女郎みたいなもんですか」

「ご家老ばかりじゃないぞ。藩士も領民も廓の女郎みたいなもんさ。せっせと汗水流してご奉公しちゃ、上がりはそっくり辰巳屋に吸い取られる」

「けっ！……なんか、吐き気がしてきたな」

「なぁに岳崗藩だけじゃない。ご公儀だっておなじようなもんだろう。裃《かみしも》つけて両刀たばさんで侍でござるとふんぞりかえっていても、金がなけりゃ商人に頼るしかないのが、いまのご時世さ」

「そういえば、どこだかの殿さまが参勤交代の道中で宿代に窮して立ち往生したあげく、国元の商人を拝みたおして金をかきあつめ、早飛脚で金を送ってやっと国元にたどりついたそうですね」

「ああ、言ってみりゃ、大名行列なんてのは花魁道中《おいらんどうちゅう》みたいなもんでな。どんなに着飾った吉原の花魁もすっぽんぽんにひんむけばタダの女だろうが。それでも女なら買い手もつくが、侍なんぞ腰の物を外して裸にひんむいてみろ。買い手どころか、洟《はな》もひっかけられないぜ。ま、屁《へ》みたいなもんだな。いまや侍の沽券《こけん》なんぞ厠《かわや》の落とし紙みたいなもんよ」

　杉内の容赦ない舌鋒に啓之助はげんなりした。

「なんだか杉内さんの話を聞いていると、剣術なんぞにしゃかりきになってるのがバカバカしくなってきましたよ」

「ふふふ、じゃ、おまえから剣術をとったらなにが残るね」

「そんな……」

「いいから、おまえはよけいなことを考えずに修行に励め。一芸は身を助けるというだろう。なんの芸もないボンボンよりはましだろうが」

「ボンボンはないでしょう。ボンボンは……」

「ふふっ、文句を言えた柄か。きさまが津山家のボンボンじゃなかったら、いまごろ紅梅町でのうのうと遊んでいられると思うか。それこそ新次郎みたいに血眼《ちまなこ》になって婿入り先を探しまわらなきゃならんところだぞ」

「いいなぁ、杉内さんは……ちゃんと家を継いで、ご新造をもらって、仕事の合間に紅梅町で酒も飲める。津山の次男坊より、ずんといい」

「バカ野郎。徒目付というのはな、昼も夜もないきつい役目なんだぞ。こうやって安酒を飲んでいるのも仕事のうちでな。女房にさわってやる暇もありゃしない因果な勤めよ」

「へええ、それにしちゃ、よくご新造に二人も子を産ませられましたね」

「なにぃ」

杉内は目ン玉をひんむいたが、すぐニタリとした。

「そりゃ、おまえ、なんたって竿がいいからよ」

下世話な科白《せりふ》を吐いて、杉内は残った酒をぐいと飲み干した。

「おまえも早いところ婿入り先をきめて紅梅町から足を洗うんだな。こんなところでせっせと竿を漕いでいると、そのうち子種が干上がっちまうぞ」

ニヤリとしてサッと腰をあげかけたが、

「おい、辰巳屋が飼っている卍組に沖山甚之介《おきやまじんのすけ》というやつがいるが、こいつの柳《りゅう》剛流《ごうりゅう》は相当なもんらしい。もしかしたら神谷さんと、いい勝負かも知れん」

「へぇえ、柳剛流ですか。どんな剣を遣うのか一度見てみたいな」

「バカ。そういう口をたたくには十年早い。こいつにだけは、まちがってもちょっかい出すんじゃないぞ」

ポンと啓之助をたたくと店を出ていった。

五

料理茶屋『葛廼家』のなかでも「蛍月ノ間《けいげつのま》」は主人の辰巳屋甚兵衛が接待に使う別格の客用になっていた。

酒席用の五十畳の広間のほかに湯殿があり、湯殿に隣接した十畳間は「御やすみ処《どころ》」とよばれていて、主客が座敷女中のなかから指名した好みの女が伽をつとめるための部屋になっている。

葛西家の女将《おかみ》の初音《はつね》は京の祇園にいた女で、辰巳屋甚兵衛が千金をつんで妾にしたというだけあって客あしらいや、女中への目配りも行き届いていた。

この夜の客は弓削内膳正と、古賀宗九郎だった。

この席に辰巳屋甚兵衛は卍組のなかでも腕のたつ剣士五人を呼んであった。古賀宗九郎に引き合わせ、顔つなぎをさせるためだ。

卍組を束ねているのは天谷《あまや》八郎《はちろう》という新陰流《しんかげりゅう》の剣客で、卍組の剣士は天谷八郎が江戸に出向いて集めてきた腕達者ばかりだという。

卍組の侍のほとんどが、幕府により改易処分や減封処分を受けて禄を失った浪人者だそうだが、なかには藩で刃傷沙汰を起こし、脱藩した者もいるということだった。

この泰平の世の中では、武芸だけが売り物の浪人を召し抱えてくれるような物好きな藩はめったにない。

蓄えのある高禄の武士はともかく、ほとんどの浪人は禄を離れた途端に食いつめる。

どこの藩でも浪人者は他国者として白眼視されるから、食いつめ者は職をもとめて江戸に向かう。

ほとんどの浪人者は武士の誇りを捨て、人足仕事や傘張り、筆耕などの内職をするかたわら妻や娘に縫い物の賃仕事をさせて食いつなぐしかなかった。なかには妻や娘に売色させる者もいれば、賭場の用心棒になったり、仲間と共謀して商家に押し込み強盗をして荒稼ぎする者もいた。

いまや江戸は食いつめ浪人の溜まり場のようなものだ。

卍組の人数は全部で二十七人、そのなかでも、この六人は卍組の仲間から一目置かれている遣い手だということだった。

頭領の天谷八郎だけは城下に一軒家を借りて、妻子と暮らしているが、ほかの二十六人は辰巳屋が城下町のはずれにあった材木置き場に剣道場と、組長屋を建てて住まわせていた。

天谷は卍組を五組にわけ、沼田《ぬまた》銀治郎《ぎんじろう》、石橋彦助《いしばしひこすけ》、曾根半九郎《そねはんくろう》、沖山甚之介、松宮庄五郎《まつみやしょうごろう》の五人を組頭《くみがしら》に据え、部下を束ねさせているという。

飯は道場で雇いいれた婆さんが二人の女中を使って三食食わせているが、酒は自前で飲めというしきたりになっているらしい。

「なにせ、組長格には月五両。ほかの者には月に三両もの手当てを出しているんですからな。酒や女の面倒まではみていられませぬよ」

甚兵衛は吝《しわ》いことを言ったが、それでも卍組の出費は月に百両はくだらないはずだ。

「それにしても、二十七人とはよう集めたものよ」

古賀宗九郎は揶揄するような眼差しを甚兵衛にそそいだ。

「用心棒というよりは、ちょっとした軍兵のようなものだな」

「おっしゃるとおり、卍組は辰巳屋を守るための軍兵でございますよ」

甚兵衛は商人らしかぬ不敵な面構えで、傲然《ごうぜん》と言い放った。

「商いも戦いでございます」

「この分では、どうやら腕ずくでも九十九平を手にいれようという腹づもりらしいの」

「さよう。九十九平を手にいれるためには辰巳屋の身代を賭けるつもりでおりますからな」

甚兵衛は迷うことなくうなずいた。

「古賀さまもご存じのように九十九平は曲家の私有地、しかも当主の官兵衛は藩の指南役をつとめたこともある剣客でございます。いかに弓削さまの下知《げち》があったからといっても、先祖伝来の九十九平の地をおとなしく引き渡すとは思えませぬ」

　甚兵衛はじっと宗九郎を見返した。

「そうなれば荒療治になることも覚悟せねばなりますまい」

　甚兵衛はふてぶてしい表情でつづけた。

「ただ、こちらも商人でございますからな。金で折り合いがつけば、それに越したことはございませんが……」

「折り合いをつけるというと、九十九平を買い取ってもよいということか」

「いいえ、まさかに、あの官兵衛が曲一族の先祖伝来の九十九平をおとなしく売り渡すなどということはございますまい」

「ほう。ならばどうしたいというのだ」

「借り上げでございますよ、古賀さま。それなりの借地料を曲家に払って、辰巳屋が九十九平を思うがままに使いたいというのが眼目でしてな」

「それだけで算盤が合うのか」

「はい。古賀さまも一度、九十九平をご覧になればわかると存じますが、九十九平の楮《こうぞ》はいわば野放しも同然でございましてな。ほとんど手入れもされておりませぬ。こまめに雑草を刈り取り、肥やしをいれるだけで楮の木はもっと太らせることができましょう。それだけで今の倍の収穫は得られると見ております」

「ほう、つまりはそれだけ紙も多く漉《す》けるということか」

「そのとおりでございます。九十九紙の買い取りの値段を高くすれば紙漉職人も喜んで励みましょうし、手が足りなければ越後や美濃、大和の吉野から紙漉を連れてくることもできまする」

「そう、うまくいくかな。取らぬ狸《たぬき》の皮算用ということもあるぞ」

「いいえ、九十九村の紙漉屋は楮の収穫にあわせて紙を漉いておりますが、楮の収穫がふえれば今の倍の紙は漉けるはずです」

甚兵衛はここぞとばかり膝を乗り出した。

「それはばかりではございません。九十九平の楮の木の本数は百年前とすこしもふえてはおりませせぬ。そのころと今では紙の入り用も桁《けた》ちがいにふえておりますが、そこはそれ、武家の商法というやつで、入り用にあわせて楮をふやそうとしておりませんでな。……木と木の間合いが広すぎるままに遊ばせております。その間合いに楮の苗木を植えれば今の三倍、四倍の収穫が得られましょう」

「…………」

「これは辰巳屋の利益だけではございませぬよ。九十九紙の出荷がふえれば藩庫もそれだけうるおうというものでございますよ」

一気呵成《いっきかせい》にまくしたてた。

さすがに甚兵衛は商人だけあって弁は立つ。

しかも、この一件が辰巳屋の利益だけではなく、藩の利益にもつながると付け加えるあたりの駆け引きは巧みなものだった。

それまで黙って聞いていた弓削内膳正が脇息にもたれていた躰を起こし、上座から身を乗り出した。

「わしは楮のことはよくはわからんが、甚兵衛の言い分はわしの腹にもようはまった。そのことを官兵衛に伝えれば、存外すんなりまとまるのではないか」

「いいえ、弓削さま。曲官兵衛はそのような融通のきく男ではございませぬ。百年もむかしの先祖より伝来の祖法を頑《かたく》なに守ることしか頭にない男でございます。いまのままで九十九村の暮らしが立てばそれでよいという頑固な頭の持ち主でございますよ」

「しかし、腕ずくでということになると、向こうも反発して一揆ということにもなりかねんぞ」

「そのご心配は無用でございます。そもそも一揆というのは領内の百姓が飢饉や年貢で窮したときに起こすものでございますよ。九十九村は紙漉や櫨蠟《はぜろう》で懐がうるおっておりますからな。下手をすれば命も落としかねない一揆を起こそうという者は、まず一人もおりますまい」

「つまりは、曲一族さえ押さえこめばすむということか」

「ま、そういうことになりますな」

「曲一族のあつかいはどうするつもりなのだ」

「むろん、曲一族にもこれまで以上の実入りがあるよう計らうつもりでございます。これまで一族は九十九紙、漆《うるし》、櫨蠟の収益の五分、ざっと年に数百両を得ておったようですから、それより二分増しの七分を借地料として払うつもりでございます」

「ふうむ。悪くはない話だの」

弓削はかたわらの古賀宗九郎に目を向けた。

「どう思うな、宗九郎」

「さよう」

古賀宗九郎は値踏みするような眼差しを甚兵衛に向けた。

「これはとてものことに算盤ずくでおさまる話とは思えませぬな」

「なぜじゃ。甚兵衛の申すとおり、九十九紙の売り上げが倍になれば、官兵衛の懐もそれだけうるおうことになる。損な取り引きではあるまい」

「商人ならともかく、曲官兵衛は郷士とはいえ、藩の指南役もつとめたほどの剣客、算用よりも武士の面目を重んじるのではありませぬかな」

「う、うむ……」

弓削内膳正は苦い目になった。

「とは申せ、九十九平はあくまでも岳崗藩の領内だぞ。藩命に逆らってまで意地を貫き通せるかの」

「なんの、武士のなかには藩命に逆らい、切腹覚悟で武士の意地を貫きとおした者も数多《あまた》ございますぞ」

「しゃっ」

弓削はいらだたしげに膝をたたいた。

「たかが領内の郷士ずれに手こずっては藩政のしめしがつかぬわ。一揆にさえならねば荒事もやむをえん。宗九郎、なにか手だてを考えろ。そちを呼んだのはそのためだぞ」

「ご家老……」

古賀宗九郎は冷めた眼差しを弓削内膳正に向けた。

「この一件、あつかいようによっては火中の栗を拾うことになりかねませんぞ」

「うむ、それはどういうことじゃ」

「辰巳屋の申し分のとおりなれば、たしかに九十九平は藩の宝の山となりましょう。されど曲家は権現《ごんげん》さまより永代郷士の身分を約束された名家でござる。九十九平が曲家の永代私有地であることも、これまた事実。その地に手をつけるには、それなりの名分がなくてはなりませんぞ」

「名分……」

「さよう。名分のない戦《いくさ》に勝ち目はござらぬ」

「藩の財政をうるおし、曲家や九十九の村民もうるおう。これは立派な名分ではないか。そのどこに非があるというのじゃ」

「それは辰巳屋の言い分でござろう」

「なにぃ……」

「そもそも、これまで藩が九十九平を検分されたことがございますかな」

「い、いや……」

「まずは藩が九十九平を検分し、改良の余地ありという確証を得たのちに官兵衛を呼んで説得する。藩の言い分が妥当なものにもかかわらず、官兵衛が承知せぬときに初めて官兵衛に非がありと断じることもできましょう。その手だてを打たずに頭ごなしに事を計っては藩に非があることになりましょう」

「う、ううむ」

「あえて、ご家老が火中の栗を拾うことも辞せずと申されるなら、岳崗藩の存亡にかかわる羽目になる覚悟がいりますぞ」

宗九郎の言い分が正鵠《せいこく》を射ていることはたしかだった。

「ふふ、ふ、そちは危ない橋は渡らぬのが信条だったの」

「さよう。獲物を追う猟師山を見ずという諺《ことわざ》もござる。ここは仕掛けどころをあやまらぬことが肝要、向こうから仕掛けさせるよう仕向けることですな」

「なるほど、向こうから仕掛けるよう仕向ける、か……」

弓削はおおきくうなずいた。

「さすがは宗九郎じゃ。わしが見込んだだけのことはある」

六

津山監物の屋敷は城のお濠に面した東南にある。

津山家は藩祖の血筋をひく名門で、当主の監物は差立番頭の重職にあり、藩主も一目置く存在だった。

監物は今年五十一歳、寡黙《かもく》な人柄だが、若いころ曲官兵衛の道場で鍛えた躰はいまも矍鑠《かくしゃく》として壮者を凌《しの》ぐものがある。

——その夜。

もう四つ（十時）を過ぎているというのに監物は書院の文机《ふづくえ》の前に端座して文をしたためていた。

よほど長い文面らしく巻紙の端が帯のように畳を這っている。

かたわらの丸行灯《まるあんどん》の灯りが監物のいかつい横顔を照らしていた。

廊下に手燭《てしょく》の灯りがゆらいで妻の静江《しずえ》がはいってきた。

若いころから病弱だった静江は手足も腰もか細く、透けるような色白の肌をしている。

「よほど大事な文のようでございますね」

「うむ……」

監物は筆の手をやすめて静江に目をやった。

「まだ起きておったのか」

監物はいたわるような眼差しを向けた。

「早く休まぬと躰にさわるぞ」

「あなたこそ、あまり根をおつめになるとお躰にさわりますよ」

静江は膝をおしすすめ、監物の肩に手をかけると、やわやわと指で揉みほぐしはじめた。

「すまぬの……」

監物は心地よさそうに、しばらく目をとじていたが、

「今日、啓之助が小遣いをせびりにきたであろう」

「は、はい……」

「あやつめ、まだ花見小路から足がぬけぬらしい」

「え、花見小路ともうしますと……あの、廓のある」

「なんでも扇屋という店の小鈴とか申す遊女のところに通いつめておるらしい」

「なんでも、徒目付の杉内に聞いたところによると、ぽってりとよう肥えた、遊女にしては気だてのよい女子のようじゃ」

「ま……」

「よう肥えた、気だてのよい……」

つぶやいて静江はふいに目を見ひらいた。

「なにやら、乳母の喜代とよう似ておりませぬか……」

「それよ。わしも、そう思うた。あやつめ、喜代にはようなついておったからの。もしかしたら、あやつめ、喜代に筆おろしをしてもろうたやも知れぬの」

「え、まさか、そのような……」

「なに、めずらしいことではない。男の筆おろしは年増がするものと相場はきまっておる」

「もう、そのような下世話なことを……」

「なにが下世話じゃ。男と女子のことはもともと下世話なものよ。品ぶっておっては赤子《やや》の仕込みようもわかるまい」

「おまえさま……」

「ふふふ、わしも啓之助ぐらいの年頃は女中の臀をまくったり、身八口《みやつくち》から乳をさぐったりしたものじゃ」

「ま……」

「ふふ、そう、目くじらたてるほどのこともあるまい」

監物は苦笑すると、文机に置いてあった巻紙を巻きもどし、南部鉄の鈴をチリリンと鳴らした。

「いまのこと、啓之助にもらすでないぞ。よいな」

「は、はい」

間もなく廊下に跫音《あしおと》がして、若党の平田《ひらた》圭四郎《けいしろう》が部屋の前にひざまずいた。

「圭四郎にございます」

「うむ。夜分すまぬが、そちに使いを頼みたい」

「かしこまりました」

監物は巻紙の文を手に廊下に出て、片膝をつくと圭四郎に文を手渡した。

「花見小路に扇屋という店がある。そこに啓之助がおるはずじゃ。外に呼びだして、この文を曲官兵衛どのに渡すよう伝えてくれ」

「かしこまりました」

「よいか、店の者には文ではのうて、あくまでも入り用の金を届けにきたと思わせるのじゃ」

そう言うと、監物は文机のうえに用意してあった紙包みを弥助に渡した。

「中身は二分じゃが、夜遊びもほどほどにせよと、わしが申していたと伝えるがよい」

「承知いたしました」

圭四郎が文を受け取りながら、何事か監物にささやいた。

監物はかすかにうなずくと、

「よしよし、ならば提灯《ちょうちん》は無紋のものを使え。できれば津山の家の者とわからぬほうがよい」

「は……」

圭四郎が立ち去るのを見送って静江が眉を曇らせた。

「なにやら、気がかりなことでもございますの」

「なんの、気がかりなどありはせん。官兵衛どのに啓之助をびしっと鍛えてほしいと頼んだだけのことよ」

監物は廊下に佇《たたず》んだまま、静江を目でうながした。

「そなたは、もう、やすんでよいぞ」

「まだ、おやすみになりませぬので……」

「うむ。いま、すこし考え事があるでの」

静江は声をかけようとしたが、背を向けた監物の表情の厳しさを見て、そっと腰をあげた。

「それでは、お先にやすませていただきます」

「うむ……」

静江が腰をあげかけたとき、監物がハタと膝をたたいた。

「お、そうじゃ。まだ、そなたには話しておらなんだが、啓之助の婿入り先がきまりそうだぞ」

「ま、啓之助の……」

静江の青白い顔に喜色がさした。

「お相手はどちらさまですの」

「それがの、大目付の渋井どのじゃ」

「それは、それは……」

静江は満足そうにほほえんだ。

「渋井さまならお家柄も、家格も言うことなしではありませぬか」

「うむ。今日、城中で渋井どのから声をかけられたばかりでの。わしも知らなんだが、あそこは娘ばかりで跡取りがおらなんだらしい」

「我が家とは逆でございますね」

「うむ。赤子を産みわけるというのはむつかしいものだな」

「ま……」

「まだ啓之助に言うてはおらぬが、そなたも異存はないな」

「異存などととんでもございませぬ。あの子もさぞ歓びましょう」

「ただし、娘御は啓之助より二つ年上だそうだが、かまわぬの」

「よろしゅうございますとも、俗にも年上の女房は金の草鞋《わらじ》を履いても探せと申すではありませんか」

「ま、器量はそこそこだと申しておったが、これは親の欲目ということもあるゆえ、アテにはならん。ただ、気だてはいたって素直な娘御だそうだ」

「女子は気だてがなによりでございますもの。器量など十人並みでよろしゅうございますよ」

静江は気負いこんで膝をおしすすめた。

「あなた、このお話、是非にもまとめてくださいまし」

「ふふふ、まるでそなたが嫁に行くような口ぶりだの」

「ま……」

「これで、あやつめも花見小路にうつつをぬかしてはおれぬだろうて」

「とんでもございませぬ。あなたからも厳しくおっしゃってくださいまし」

「わかった、わかった」

「今夜はひさしぶりによく眠れそうな気がいたします」

「ふふふ、そなたも肩の荷がおりたようだの」

「はい。これまで啓之助のことだけが気がかりでございましたから」

晴れ晴れとした表情で静江が立ち去るのを見て、監物はゆっくりと廊下に足を運んだ。それを待っていたように、庭の立木の陰から杉内耕平が現れた。

「待たせたの」

監物はうなずいて目でうながした。

「あがるがよい。ここではかえって目立つ」

杉内が手馴れたようすで廊下にあがると、草履《ぞうり》を縁の下に隠し、書院のなかに入って障子をしめた。

第六章　侵入者

一

夏の陽射しを浴びて、九十九平の楮《こうぞ》の木はすくすくと新芽をのばし、梢はすでに丈余（約三メートル）を越えている。

「今年も、よう育っておるの」

官兵衛は小高い丘陵の上に立って、薄緑色の若葉が風にサヤサヤとなびくさまを見渡し、満足そうな声をかけた。

「見事なものですな」

平蔵は戸惑いながら、うなずいた。

朝飯後、道場で稽古をおえたあと、井戸端で水を浴びていると、官兵衛から合わせ馬に誘われたのである。

官兵衛と馬で出かけるのはめずらしいことではない。

――が……、

なにせ、昨夜の今朝である。

まだ、波津とのことを打ち明けていない後ろめたさがある。

官兵衛の愛馬は赤夜叉《あかやしや》と名付けられた鹿毛の六歳馬、平蔵は乗りなれた鬼丸に跨《また》がって屋敷を出ると、九十九平を東に向かった。

官兵衛は馬に乗るときは刀身が二尺二寸とやや短めの和泉守兼定《いずみのかみかねさだ》を愛用しているが、平蔵はいつものように恩師の佐治一竿斎から拝領した助広《すけひろ》を帯している。

門を出ると獅子丸が、いつものように嬉々としてついてきた。

九十九岳の山裾を流れる五間川に沿って夜叉神の森に向かう途中で、官兵衛は赤夜叉からおりた。

五間川に沿った道は馬道とよばれていて、切り出した楮や三椏《みつまた》などの束を荷車で運びだすため、馬二頭が併走できるほどの広い道が九十九平の丘陵に沿って夜叉神の森までつづいている。

梅雨の長雨や、雪解け水の氾濫《はんらん》で道がふさがれぬよう五間川沿いには堤防が築かれ、丘陵沿いには水はけのために一間幅の用水路を走らせてある。

これらはすべて曲家の祖先が歳月をかけて工事してきたものだということだ。官兵衛は赤夜叉の手綱を用水路沿いの柳の木につなぐと、椿の林を縫って丘陵のいただきに向かった。

平蔵も鬼丸をおなじ柳の木につないで官兵衛の後を追った。

椿の木は、去年の秋、根もとからバッサリと鎌で刈り込んでしまったが、積雪に耐えて春に芽吹き、いまは丈余にまで育っている。

(なんと、たくましいものだ……)

その生命力のたくましさには、ただ驚嘆するほかない。

「椿は九十九平の天地《あめつち》の恵みじゃ」

官兵衛は丘のいただきに佇《たたず》むと、かたわらの椿の木肌を撫でながら、新緑の梢に慈《いつく》しむような眼差しをそそいだ。

「椿というのは気むずかしい木でな。ほうっておくと野放図になって手に負えぬようになるし、甘やかすとひ弱くなる。女子《おなご》のようなものよ」

そう言うと、官兵衛は穏やかな目を平蔵に向けた。

「わしは波津を武家の娘として育てたが、どうやら武家の嫁には向かぬ気性の女子のようじゃ。かというて、なまじな男では御《ぎょ》しきれぬ悍馬《かんば》ゆえな。あれを乗りこなせるのは平蔵ぐらいのものであろう」

「は……」

「あれと、どこで暮らそうがかまわぬ。せいぜい慈しんでやってくれ」

「…………」

平蔵、とっさには返す言葉が見つからなかった。

「あれは楮の木のような女子での。見てくれは土臭いが、風雪には強いのが取り柄じゃ。うまく灰汁《あく》をぬいて、丹念に漉《す》けばすこしは女子らしゅうなろう」

「なんの、それがしにはもったいないほどの娘御にござる」

ここは波津のためにも一言あってしかるべきだと思った。

「お言葉を返すようですが、波津どのは何も飾らずとも、今のままで十二分に女子らしく、美しゅうございますぞ」

「ほう……」

官兵衛はまじまじと平蔵を見つめた。

「わしは、てっきり波津のほうがそなたに思慕を寄せ、夜這いをかけたとばかり思うていたが、そうではなかったのか」

「夜這いなどと、とんでもござらん。波津どのはそのような娘御ではありませぬぞ。手出ししたのは、それがしのほうにござる」

「ふふふ、そうムキになるな。古《いにしえ》から夜這いと付け文は思慕を伝える手だてになっておる。日暮れて、女子が男の寝所に出向くのも夜這いのうちじゃ」

「は……」

「女子は慕うてもおらぬ男の寝所に、夜分ひとりで出向いたりはせぬ」

官兵衛はこともなげに言い放った。

「その思慕が通じたればこそ、そちも手出しした。つまりは息がピタリと合うたのであろうよ。男と女子は杵《きね》と臼《うす》、太鼓《たいこ》と撥《ばち》のようなものゆえな。息が合うかどうかが肝腎《かんじん》、後先などどうでもよいことではないか」

官兵衛はこともなげに笑った。

「つまるところは相惚《あいぼ》れということじゃな。ン」

まるで他人事《ひとごと》のような下世話《げせわ》な言葉を使い、官兵衛はニタリとすくいあげるような目で平蔵を見た。

「さよう。まさしく相惚れにござる」

「ふうむ……」

官兵衛はおおきくうなずいた。

「そうか、相惚れか……」

しみじみとつぶやいた。

「なるほどな。道理で、今朝、あれと顔をあわせたときの眸《め》のかがやき、肌の色艶までがどことのう艶《つや》めいて見えたわ」

「…………」

やはり官兵衛は、昨夜、平蔵と波津のあいだに何があったかを感知していたのだ。

昨夜、波津が仕立てた小袖《こそで》を「平蔵に早く届けてやれ」と官兵衛が言ったそうだが、

──もしかしたら……、
官兵衛は二人が、そうなることを予知していたのかも知れない。

「どうやら、あれも、ようやっと幸せにめぐりおうたようだの」

官兵衛は柔和な目を平蔵にそそいだ。

「女子の幸せは連れ添う男次第じゃ。頼んだぞ、平蔵」

「は……」

平蔵、ちょっと口ごもった。

「ただ、波津どのは曲家の大事な一粒種にござるゆえ」

「なんの、そのような斟酌《しんしゃく》は無用のことじゃ。曲家の跡目を継ぐ者は一族十六家のなかの男子でのうてはならぬのが掟《おきて》じゃ。波津を嫁に出すのにためらうことなど何ひとつありはせん」

官兵衛は迷いもなく言い切った。

「ただ、あれも夜叉神の血をひく女子、そのうち手こずって音《ね》をあげることになるやも知れぬぞ」

「なんの、手こずるぐらいの悍馬でのうては駿馬《しゅんめ》にはなりませぬ」

「ふふふ、駿馬になるかどうかはわからぬが、あのじゃじゃ馬を乗りこなせるのは平蔵ぐらいのものじゃ。波津も、よい乗り手を見つけたものよ」

官兵衛は満足そうに、おおきくうなずいた。

どうやら官兵衛にとっては娘も馬も変わりはないらしい。

「波津がひとつ年をとるたびに、このまま嫁《ゆ》き遅れになってしまうのではないかと、そればかりを案じておったが、これで肩の荷がおりたわ」

官兵衛は腰の物をはずし、生い茂る雑草のうえにどっかと尻をおろした。

「ま、座らぬか」

「は……」

二

官兵衛は腰にぶらさげた竹筒の水筒の栓をぬいて、ぐびりと一口飲むと平蔵に手渡した。

「どうじゃ。そろそろ、この山里暮らしも飽きてきたであろう」

「いや、その日の暮らしにあくせくする江戸の明け暮れを思うと、ここの暮らしは桃源のようでござる」

「ふふ、ふ。年寄りじみたことを申すな。半年や一年ならともかく、二、三年もここで暮らしてみよ。退屈の虫に毛が生えて、尻が居腐《いぐさ》れてしまうぞ」

官兵衛は揶揄《やゆ》するようにふくみ笑いをもらした。

「檜《ひのき》の木が山奥で百年、二百年たったところで、そのままではタダの森の樹木の一本にすぎぬ。それを切り出し、大工が綺麗に鉋《かんな》をかけてこそ檜の美しい木肌も生きてくる。そういうものではないか」

「え、ええ……」

檜にしてみれば「いい迷惑」かも知れないが、苗木を山に植えられたときから檜の宿命はきまっていたということなのだろうと平蔵は思った。

「たしかに檜も山で老木となって朽ち果てるよりも、どこぞの家の大黒柱になって百年、二百年と生かされるほうが本望というべきかも知れませぬな」

「そうじゃ、そのことよ」

官兵衛は莞爾《かんじ》としてうなずいた。

「およそ命あるものはなんであれ、タダ長く生きればよいというものではない。その命をかがやかせることが大事、人もおなじことよ」

官兵衛の言はどこまでも強烈な使命感に貫かれていた。

それは仏法でいう不惜身命《ふしゃくしんみょう》、古の武士道にも通じるものだったが、

（おそらく、いまどきの侍にはそんな使命感など欠片《かけら》もありはせんな……）

平蔵はひそかに苦笑した。

「人の命など、たかだか生きて数十年、女子の盛りはせいぜいが二十年というところじゃろう」

官兵衛は茫洋《ぼうよう》とした目を泳がせた。

「女子は三度化けるという」

「化ける……」

「うむ。子供のころは男も女子もない。とっくみあいの喧嘩もすれば、すっぽんぽんで川遊びもする。それが股座《またぐら》にぽよぽよと若草みたいに毛が生え、乳がこんもりふくらんでくると、なすことが変わってくる。女子に化けるのよ。もはや親の言うことなど、聞きはせぬ。あとはどんな男にめぐりあうかで良くも悪くも化ける。三度目は子を産んだあとじゃな。子を産んだあとの女子は見違えるように強くなる。俗にいう嬶《かかあ》天下になるのもそのころじゃな」

そう言うと、官兵衛はひょいと目を平蔵に移した。

「ともあれ女子に磨きをかけるのは男次第じゃ。波津をいかように料理しようとかまわぬが、あれは相当なじゃじゃ馬ゆえ、せいぜいキンタマを蹴られぬようにすることだの」

波津が聞いたら目を三角にしかねないような科白《せりふ》を吐いて、官兵衛はニタリとした。

「もはや波津は二十一の年増、とうに赤子《やや》の一人や二人は産んでいてもおかしくはない年よ。せいぜい気張ることだの」

「は、まぁ……」

「まぁ、とはなんじゃ。まぁ、とは」

「しかし、子は天の授かりものと申しますからな」

「なにを、バカな。女子に赤子を授けるのは、畑に種を蒔《ま》くようなものよ。まさか、そちは種なしではあるまいな」

「さて、それは……」

「ふふふ、ま、よい。下手な鉄砲もしゃにむに撃てばあたる。せっせと種付けに励め」

どうやら官兵衛にとっては人の子作りも、馬の種つけや、米麦の種まきと大差はないらしい。

なんとも無造作な舅御《しゅうとご》ではある。

「あれを産んだ女子は朋世《ともよ》というてな。街道で行き倒れになりかけておった浪人者の娘じゃった」

ポツリと官兵衛がつぶやくようにもらした。

「わしの父が見るに見かねて引き取って面倒を見てやったが、不治の病にむしばまれておっての。三月とたたずに朋世を残して死んでしもうた。そのころ朋世は十三の小娘だったが、利発な子での。父が我が子として育てることにしたが、きびきびとよう働く娘じゃった」

往時をふりかえるかのように官兵衛の声音《こわね》がしめった。

「父はよほど朋世が気にいっていたのであろう。亡くなる前にわしと朋世を娶《めあわ》せたのじゃ。わしはそのころ剣術に打ち込んでおったゆえ、朋世を妻にしたもののロクにかもうてやれなんだ。女子をどうあつこうてよいやらわからず、あげくに修行に行くと言って江戸に飛び出してしもうた」

官兵衛の声音には自虐《じぎゃく》のいろがあった。

「身勝手なものよ。のう、平蔵……」

「は……」

身勝手といえば、平蔵も内心、忸怩《じくじ》たるものがある。

なんとも答えようがなかった。

「五年たって帰ってみると、子が産まれておった。それが波津じゃ」

官兵衛の述懐はなおもつづいた。

「わしが江戸にいるあいだに朋世は、わしを待ちながら波津を産み落としよった。……波津と名付けたのも、わしがいる江戸は海のそばにある街だと聞いておったからだそうな。わしに知らせなんだのは、わしの修行の妨げになると思うたそうじゃ。しかも、わしが帰って一年とたたぬうちに朋世はポックリといってしまいよった」

ふいに、ベシッと鋭い音が響いた。

官兵衛がかたわらの楮の枝をへし折ったのだ。

「波津はまだ五つ、わしにはとんとなつかなんだ。わしが抱こうとしても怯《おび》えたようにすくんだまま、笑顔ひとつ見せぬ。……ムリもないわ。五つの波津にしてみれば見知らぬ男が、いきなり父親面してもなつけるはずもない」

官兵衛は竹筒の水をグビリと口にふくむと自嘲の溜息をもらした。

五つ、か……。

乳飲み子のころならともかく、五つまで父の顔を見たことがない波津が容易になつかなかったのもムリはないと平蔵は思った。

三

平蔵がはじめて妻にしてもよいと思った縫にも、七つになる伊助《いすけ》という男の子がいた。

――おじちゃん、おじちゃん、とまつわりついて、よくなついてくれていたから、我が子にするになんの差し障りもないだろうと思っていたが、それは大人の勝手な思いこみだった。

――おじちゃんは、おじちゃんで、おいらのちゃんじゃねぇやい。

まだ七つの子が迷いもなく、突き放すように言い切った衝撃を、いまでも鮮やかに覚えている。

その伊助は後日、磐根藩主の落とし胤《だね》で、縫は母親ではなく、藩内の紛争から伊助を守るため、江戸に逃れて身を隠していた女だとわかった。

今は二人とも磐根藩に引き取られ、伊助は藩の世子となり、縫は乳人《ちのひと》として大事にされている。

それはそれで二人のためにはよかったとは思うが、七つの伊助が反発したように、五つの波津にしてみれば、いきなり帰郷してきた男が父親だと言われても素直に馴染《なじ》む気になれなかったにちがいない。

いまでも波津がなにかにつけて官兵衛に逆らうような言動をしめすのは、もしかしたら、幼いころに官兵衛に抱いた違和感がいまだに糸をひいているのかも知れないという気がした。

おそらく官兵衛も、五年もの間ほったらかしにしていた負い目をひきずっているのだろう。

これまで平蔵も若気のいたりで、何人もの女子と情をかわしてきたが、

——これからは心せずばなるまい。

そう内心で、おのれを戒《いまし》めた。

「よいか、平蔵……」

官兵衛がホロ苦い目を向けた。

「男はの、女子とちごうて、子種を仕込むだけで、おのれの腹から赤子をひりだすことはできぬ。おのれの乳房から乳を飲ませるわけでもない。赤子がおのれの子だと思うようになるには、赤子のときからそばにいて、むずかれば腕に抱いてあやし、シシ、ババの面倒をみて育てるしかない。ものごころつくまでが子育ての要《かなめ》じゃ。這い這いしはじめるころから、外で遊びまわるようになるまでは目離しせぬことよ。おのが手塩にかけてこそ初めて父親面ができるのじゃ」

深ぶかとつぶやいた官兵衛は目を平蔵に向けた。

「わしが波津を我が子じゃと、心底思えるようになるまで三年かかった」

官兵衛は太い溜息をついた。

「あれが八つのときに麻疹《はしか》にかかっての。わしは寝ずにあれのそばにいて介抱したが、そのとき初めて、あれを心底から愛おしいと思うた。神仏にすがりたいと思うたのはそのときだけじゃったな」

麻疹と疱瘡《ほうそう》は子供のころによくかかる流行病《はやりやまい》で高熱を発し、ときには死にいたることもある。

特効薬というものはなく、ひたすら外気にあてぬようにして症状がおさまるのを待つしかない。

麻疹と疱瘡は一度かかると二度とかからないが、医薬ではどうすることもできない難病で、看病する者もひたすら神仏の加護に頼るしかない厄介な病である。

「男手ひとつで、よう看病されましたな」

「なんの、親らしいことをしたのは、そのときぐらいのものでな。波津がわしを心底父親と思うておるかどうかは怪しいものよ」

「その気遣いは無用でござる。波津どのが何かにつけて官兵衛どののことを思うておられるのはまちがいござらん」

「ま、よい。そなたにそのように言われるとなにやら足の裏がこそばゆいわ」

官兵衛はホロ苦い目になった。

「朋世とおなじで、波津もいまだに海を知らぬ。わしにかわって、そなたが波津に海というものを見せてやってくれ」

そう言うと官兵衛は椿の葉陰にごろりと横になった。

夜叉神颪《おろ》しの風が梢の新葉をサヤサヤとなぶる。

「そうじゃ、平蔵に引き出物をとらそう」

むくりと官兵衛が躰を起こした。

「は……」

「今夜、九つ（十二時）に道場にくるがよい」

「道場に……」

「うむ。波津にも言うでないぞ。一人でまいれ」

平蔵、思わず目を瞠《みは》った。

「もしやして、稽古をつけていただけるのですか」

「いまさら、そちに稽古をつけることなど何もありはせん」

官兵衛はひたと平蔵を見すえた。

「わしが無外流の秘伝にわしなりの工夫をくわえた太刀筋がある」

官兵衛の双眸《そうぼう》が糸のように細く切れた。

「そちは風花《かざばな》というのを聞いたことがあるか」

「はい。たしか小雨や粉雪が風に舞って行く手も見えなくなるという、なんでも藩境の風花峠で、晩秋のころよく見られると聞きましたが」

「うむ。それとおなじでの。……下から巻き上げるかと思えば、一変して横から吹きつけてくる。わしが工夫した太刀筋とよう似通うているゆえ、風花の太刀と勝手に名付けた。その太刀筋をそちに伝えておきたいと思うてな」

「これは、また……」

平蔵、息を呑んだ。

「ありがたい仰《おお》せですが、そのような大事な秘伝を無外流を学んだこともない、わたくしに……」

「なんの、そのようなことは無用の斟酌じゃ。伝えるに足る者に伝えてこそ秘太刀も生きる。わしも一竿斎どのから門外不出の太刀筋を教わったことがある。風花は会得するには厄介な難剣だが、そなたなら会得できよう」

「風花の太刀……」

平蔵がつぶやいたとき、丘陵の下の馬道のほうで何匹もの犬の吠える声が聞こえてきた。

声だった。

「うむ……」

官兵衛の双眸が鋭くなった。

猟犬はめったに吠えないものだ。

近隣の村民ではなく、九十九平に見なれぬ何者かが侵入してきたことをしめす声だった。

四

この日、郡奉行の石倉権六《いしくらごんろく》は、弓削内膳正から九十九平を検分してくるよう命じられた。

楮、三椏、漆、櫨などの生育具合を検分してこいというものだったが、九十九平は曲家の永代私有地である。

また、郡奉行は本来、領内の年貢米の作柄に目を配る役職である。

九十九平には稲を作出する水田がないため、これまで検分に出向いたことはなかった。

しかも、この検分には商人の辰巳屋甚兵衛や、弓削家老の客分だという古賀宗九郎なる浪人者のほかに、辰巳屋の用心棒である天谷八郎が、組頭《くみがしら》の沖山甚之介と卍組の侍七人をひきいて同行するという。

領内の検分に商人がついてくるというのも異例なら、用心棒の侍が同行するというのも奇怪なことである。

とはいえ筆頭家老の命とあれば従うほかはない。

官兵衛の気性をよく知っている石倉には、なんとも気の重い検分だった。

――なにか厄介なことが起こらなければよいが……。

と案じながら下役五人を連れて一行を案内し、九十九平に入った。

卍組の侍は天谷八郎以下九人、いずれも卍紋つきの夏羽織をつけている。

緩やかに起伏する九十九平の丘陵地帯は、盛夏を迎えて楮の新葉が緑の波のように青々と生い茂っている。

「ほう、これは見事なもんだの」

古賀宗九郎が感嘆の声をあげた。

「なんとも広大なものじゃ」

「さよう、目の子で見積もっただけでも、ざっと一万町歩はございましょうな」

辰巳屋甚兵衛がおおきくうなずいてみせた。

「一万町歩がそっくり楮林か……豪儀なものだな」

「それにしても楮と楮の合間が空きすぎております。雑草を刈り込んで苗木を植えれば今の三倍の紙が漉けます。いやはや、わたしどもの目から見ればもったいないかぎりでございますよ」

「三倍とは太いことを申すわ。何事も商人の胸算用どおりにうまく運ぶとはかぎらぬぞ」

「いいえ、たとえ苗木が見込みどおりに育たなくても、雑草を刈り込み、肥をいれるだけで楮ももっと太りましょう。すくなくとも、今の倍増しの収穫は楽に望めます。数年後にはざっと見積もっても三倍の増益になりますな」

「なるほど、ご家老に献じる二万両などものの数ではないというわけか」

「古賀さまにもそれなりの見返りはさしあげられましょう」

一行が夜叉神岳の山裾を流れる五間川に沿った道を進んでいたときである。

黒い毛並みをした一匹のたくましい雄犬が、楮の林のなかから現れ、警戒するように一行の前に立ちはだかった。

曲家を訪れたことがある石倉は、それが官兵衛が飼っている猟犬の獅子丸だとすぐにわかったが、卍組の侍はタダの野良犬と思ったらしい。

「この野良犬め……どけ、どけっ」

卍組の一人が小石を拾うなり、無造作に投げつけた。

獅子丸は身軽に小石をかわしたが、今度は敵意をむきだしにし、牙を剝《む》いて唸《うな》り声をあげた。

「いかん！　それは野良犬ではない。曲家の猟犬だ」

石倉権六があわてて止めようとしたが、荒事に手馴れている卍組の侍には通じなかった。

「こやつ、生意気な」

「追っぱらってしまえ」

退屈しのぎのつもりか、一人が刀を抜いて脅しつけた。

「どけどけ、どかんかっ！　たたっ斬るぞ」

刀をふりかざしたが、それが獅子丸の闘争本能に火をつけた。

唸り声が威嚇の咆吼に変わった。

獣の本能が、刀によって呼びさまされたのである。

敵意が、敵意を招いたのであろう。

敏捷に侍のまわりを駆けまわり、吠えかかる。

その獅子丸の声を聞きつけた仲間の猟犬が二匹、三匹と駆けつけ、みるみるうちに数がふえてきた。

いずれも体高二尺近い剽悍《ひょうかん》な猟犬である。

「な、なんだ。こやつら……」

さすがに荒事に馴れた卍組の侍も、不穏な気配を感じたが、こうなると騎虎《きこ》の勢いである。

沖山甚之介の配下の五人の侍が、いっせいに刀を抜きつれて猟犬の群れに斬りこんでいった。

一匹が刃《やいば》を避けそこない、首を撥ね斬られて血しぶきをあげた。

仲間の血を見たことが、逆に猟犬たちの闘志を駆り立てた。

一匹が敏捷に背後にまわりこみ、侍の足に嚙みついた。

「ぎゃっ！」

悲鳴をあげた侍が振りはなそうとしたが、一度嚙みついた猟犬は牙をたてたまま、離れようとはしない。

「おのれっ」

侍は刀を逆手にもちかえ、嚙みついている猟犬を串刺しに仕留めた。

しかし、仲間の猟犬の一匹が牙を剝いてそやつの喉笛に嚙みついた。喉笛を嚙みきられ、血しぶきを噴きあげた侍の口から、魂消《たまぎ》るような絶叫が迸《ほとばし》った。

すでにそのころ、猟犬の数は十数匹にもなっていた。

猟犬は侍の集団を遠巻きにし、機敏に前後左右を駆けまわっては襲撃を繰り返した。

そのとき、ふいに村の一角から乾いた音が空に鳴り響いた。

――カン、カン、カン、カン、カン……。

連打の音は瞬く間にひろがっていった。

「いかん、板木《ばんぎ》を打ちおった」

石倉の顔が強ばり、ひきつった。

この村では、それぞれの家の軒先に欅《けやき》の板を吊るしてあって、打ち方によって危急を知らせる仕組みになっている。

野火、山火事、川の氾濫などの自然災害、猪や山犬の群れ、野盗などが侵入したときなどで打ち方が異なる。

山裾に沿って東西に細長くつらなる九十九村の形態が生みだした特異な伝達手

段である。

板木の音は空に木霊《こだま》し、たちまち次から次へと打ちつがれていった。

「辰巳屋。今日は引きあげたほうがよいのではないか」

不安そうな石倉権六を見て、辰巳屋甚兵衛は舌打ちした。

「石倉さま。たかが犬ぐらいで怖じ気づいていてどうします。弓削さまに申しわけがたちますまい」

「う、うむ」

「ま、ここは卍組にまかせておきなされ」

五

猟犬は辰巳屋甚兵衛や郡奉行たちには見向きもせず、白刃《はくじん》をふりまわす卍組の侍たちに波状攻撃をかけつづけた。猟犬の何匹かは刃にかかり、骸《むくろ》となったが、卍組のほうも嚙みつかれて血だらけになっている者がいた。

獅子丸も片耳を半《なか》ば撥ね斬られ、鮮血に染まったが、怯《ひる》むことなく卍組に襲いかかっていった。

たかが犬と侮《あなど》っていた卍組の侍たちも、白刃を恐れるようすもなく、つぎつぎに牙を剝いて襲いかかってくる猟犬の敏捷さと獰猛《どうもう》さに恐怖を覚え、目を血走らせ、躍起になって刃をふるいつづけた。

猟犬は用水路を身軽に飛び越え、堤防に駆け上がり、刃を巧みにかわす。

猪や鹿を追いつめることに馴れている猟犬にとって、刃をふりまわす侍をかわすことぐらいわけもないことだった。

荒事に馴れている卍組の侍たちにとって、これまで相手にしたこともない始末が悪い難敵だったのである。

いまや卍組の侍は防戦一方になりつつあった。

そのとき椿の林を縫いつつ、平蔵が丘陵を駆けおりてきた。

「きさまらっ」

平蔵は怒気をみなぎらせると、ソボロ助広を抜き放つなり、まっしぐらに白刃をふりまわしている卍組に駆け寄り、刀の峰を返しざま二人をたたき伏せた。

「おのれっ」

わめきざま背後から卍組の侍が斬りつけてきたが、平蔵は右からすくいあげた峰打ちの一閃《いっせん》を侍の脇腹にたたきつけた。

「うっ……」

躰をくの字に折り曲げて突っ伏した侍には見向きもせず、平蔵は残った侍を見渡し、刃を返した。

「きさまら何者か知らんが、猟犬は狩人の命、家族も同然だ。それを無慈悲に殺戮《さつりく》する輩《やから》は何者だろうと容赦はせん。これまでは峰打ちだが、ここからはそうはいかぬぞ」

そのとき楮の枝をかきわけて官兵衛が姿を見せ、犬笛を口にした。

犬笛の音は人の耳にはよく聞きとれないが、猟犬は犬笛の音色で狩人の意思を聞き分けて従う。

猟犬の群れは吠えるのをやめ、いっせいに官兵衛のまわりに集まってきた。

「平蔵。猟犬は狩人の命とは、よう言うた」

官兵衛は検分の一行を鋭い眼光で睨《にら》みつけた。

「そもそも九十九平は我が家の庭うち、無断で侵入する者は盗人《ぬすっと》も同然じゃ。一人残らず斬り捨ててくれる」

「ま、待ってくれ。早まるな、官兵衛どの……」

後ろのほうから郡奉行の石倉権六があわてて出てきた。

「わ、わしらは弓削さまの命により、九十九平の検分にまいっただけじゃ」

「ほう、ご家老がなにゆえ当家の私有地を検分されるのかな。しかも、石倉どのだけならともかく、商人や用心棒まがいの二本差しまで引き連れての乱行沙汰《らんぎょうざた》は腹に据えかねる」

官兵衛はカッと双眸を見ひらき、睨みつけた。

「い、いや、それは……」

石倉権六は返答につまり、しどろもどろになった。

それまで腕を組んだまま、身じろぎもしなかった沖山甚之介が眉をしかめて舌打ちした。

「ええい、なにをうだうだと埒《らち》もないことを申しておる。お奉行はすっこんでいてもらおう」

にべもなく言い放つと、石倉権六を押しのけて前にぐいと出た。

「どうやら、きさまが神谷平蔵とか申す曲家の居候《いそうろう》らしいな」

沖山甚之介は無造作に腰の物を抜き放つと、配下の侍に向かって、

「どけっ！　この男はきさまらの手に負えるような相手ではない」

一喝し、剣先を右爪先に落とすと、ゆったりと右下段に構えた。頰の肉は殺《そ》げ

落ちているが、六尺豊かな長身は、見るからに鍛えぬいた筋骨をしている。

「それがしは播州赤穂浅野家《ばんしゅうあこうあさのけ》の浪人、沖山甚之介と申す」

「ほう、赤穂浪士の生き残りか」

「いや、禄を離れたのは父の代だ。わしが家督を継いでおれば迷わず吉良《きら》邸の討ち入りに馳《は》せ参じておったわ」

沖山甚之介は悔しげに吐き捨てた。

「あいにく、そのころは部屋住みの若年でな。大石《おおいし》どのから声もかけてもらえずじまいで武士の死に場所を失《うしの》うた」

「貴公。妻子はいるのか」

「けっ。そんな面倒なものはおらぬ」

沖山甚之介は口をゆがめて吐き捨てた。

「貴公の剣名は聞いておる。鐘捲流を遣うそうだな」

「さよう」

「わしは、いささか柳剛流を遣う。貴公とは余人を交えず立ち合いたかったが、やむをえん」

そう言うと、沖山甚之介はサラリと卍の紋付き羽織を脱ぎすてた。

「卍組とはかかわりなく、一人の剣士として立ち合《お》うてもらいたい」

「よかろう」

立ち合いをもとめられたら、受けて立つのが剣客の宿命である。

平蔵はうなずいて青眼に構えた。

沖山甚之介は腰を低く落とし、じりじりと爪先をよじりながら右へ、右へとまわりこんできた。

——柳剛流、か。

かつて一度、平蔵は柳剛流の剣士と立ち合ったことがある。

柳剛流の由来は［柔よく剛を制す］にあると聞いている。

低い体勢から、下半身を狙う技を得意とする流派だ。右下段から、すくいあげるように鋭く撥ねあげてくる難剣で、手こずった覚えがある。

沖山の構えは、その流派の神髄をよく現していた。

いささかどころか、寸時のスキも見いだせぬ強敵だった。

青眼のまま、平蔵はじりじりと間合いを詰めていった。

沖山は摺《す》り足のまま右にまわりこんだが、五間川の堤防を背にすると、ふいに剣先を起こした。

左足を踏み出し、剣先をじわりと起こしつつ、間合いを見切ろうとしている。

こっちが斬りこんでいく、その一瞬を待ちかまえているのだ。

平蔵はぴたりと足を止め、沖山の出方を待った。

そのとき、五間川の土手道を啓之助が門弟たちとともに駆けつけてきた。

「神谷さんっ。そいつは卍組でも一、二を争う遣い手だそうですよ」

土手道の上から、啓之助が怒鳴った。

門弟たちの背後に、波津の白い顔が凍りついているのが見えた。

平蔵の視線がフッと動いた、その瞬間、沖山の切っ先が上段から嚙みつくように襲いかかってきた。かわす間はなく、平蔵は鍔元《つばもと》で受け止め、そのまま摺りあげるように撥ねあげた。

沖山の体勢が崩れたのを見定め、撥ねあげた刀をそのまま上段から斬りこんだが、沖山は瞬時に体勢をととのえ、二の太刀を送りこんできた。

脇腹に食いついてきた一撃をかわしながら、平蔵もすれちがいざまに沖山の肩に剣先をたたきつけ、ふりむいた。

向き直る間もなく、沖山の長身が目の前に迫っていた。

とっさに片膝ついて、斜めに刃を遣った。ずしんと肘《ひじ》に響く手応えがあった。

素早く躰を起こし、身構えた。

沖山は三間ほどたたらを踏んで走ったが、そのまま前につんのめるように倒れこんでいった。

卍組の侍たちがどよめいて殺気だったとき、

「よし、それまでだ」

それまで身じろぎもせず見ていた古賀宗九郎が、手を振って制止した。

「古賀さま、どういうことです。……このままでは」

辰巳屋甚兵衛が不服そうな声をあげた。

「まわりを見てみるがいい。四面楚歌だぞ」

「え……」

いつの間にか板木を聞きつけた村民が周囲にひしめきあっている。

村民のなかには狩人らしい弓矢をもった男もいた。

しかも、官兵衛の門弟たちが堤防の上にずらりと並んでいる。

「おまえは曲一族を甘く見ていたようだな。このままつづければ屍《かばね》の山を築くだけだぞ。それでもよければ勝手にしろ」

「ううっ……」

悔しそうな辰巳屋甚兵衛をにべもなく突き放すと、古賀宗九郎は目を平蔵に移した。

「さすがだな、神谷平蔵。いずれ、おぬしとは立ち合うことになりそうだ」

「貴公。岳崗藩士とは思えんが、何者だ」

「ふふふ、これは失礼した。わしは古賀宗九郎と申すが、弓削内膳正どのとは長年、昵懇《じっこん》の仲でな。貴公とおなじく弓削どのの屋敷に居候しておる身だ」

「ほう。その居候が郡奉行の供をして、のこのこ出向いてきたというわけか」

「なに、わしは弓削どのに頼まれて郡奉行の検分を見届けにきただけでな。他意はない」

さらりとかわし、宗九郎は視線を官兵衛に転じた。

「曲官兵衛どの。見てのとおり、そっちは猟犬、こっちは人を失うたが、、今日のところは痛みわけということでいかがかな」

「割りがあわんの」

「ほう。それはどういうことかな」

「ごろつき浪人などは金でいくらでも買えるが、九十九の猟犬は金では買えぬ。痛みわけでは間尺にあわぬわ」

「では、どうせよと申されるのだ」

「今日は郡奉行の顔をたてておくが、わしの腹の虫が騒がぬうちに、その骸をかついで、さっさと去《い》ぬることだな」

にべもなく手を振った。

宗九郎は凄まじい形相で官兵衛を睨みつけたが、

「わかった。この決着はいずれあらためてつけさせてもらおう」

サッと踵《きびす》を返した。

「こ、古賀さま……」

辰巳屋甚兵衛があわててその後を追った。

天谷八郎が無念そうに辰巳屋甚兵衛の後を追った。

どうなることかと固唾《かたず》を呑んで成り行きを見守っていた郡奉行の一行は、ホッとしたように手負いの侍たちをかついで、あたふたと引きあげていった。

啓之助たちが土手から飛びおりて駆け寄ってきた。

波津は身じろぎもせず、土手の上に佇《たたず》んで平蔵を見つめていた。

第七章　秘剣伝授

一

——その日の夕刻。

曲家の広間に一族十六家の者、三十六人が集まった。

白髪まじりの者も何人かいたが、いずれも狩人の末裔《まつえい》だけあって不敵な面構えをしている。

彼等のなかには若いころ、官兵衛の道場に通い、切り紙か、免許を許された剣士もいる。

平蔵は曲家の用人の小日向惣助や、啓之助たち曲道場の門弟たちとともに同席していた。

「今宵、集うてもろうたはほかでもない。いま、弓削家老と辰巳屋が結託して曲一族の存続にかかわる容易ならざる企てがすすめられていることがわかったからじゃ」

上座についた官兵衛が開口一番、会合の趣旨を告げた。

「なんじゃと……」

一族の長老でもある中ノ庄の曲太佐衛門《たざえもん》が膝を乗り出した。

太佐衛門は官兵衛の叔父にあたる。

官兵衛の父の末弟で、中ノ庄の分家に婿入《むこい》りし二男一女をもうけた。

もう七十に手がとどこうかという高齢だが、いまだに矍鑠《かくしゃく》たるもので一族の重鎮として官兵衛にもずけずけものを言う。

家督を継いだ長男は二年前、熊に襲われて亡くなったが、跡を継いだ孫の太一郎《たいちろう》は官兵衛から免許を受けたほどの剣士で、いまも道場にときおり顔を出し、平蔵とも親しい仲だった。

「一族の存続にかかわるとは聞き捨てならん」

太佐衛門は嗄《しゃが》れ声を張りあげた。

「今日、郡奉行が辰巳屋甚兵衛のケツにくっついて九十九平の検分とやらに来たそうじゃが、そのこととかかわりがあるのかな」

「かかわりがあるどころではない。どうやら弓削家老が辰巳屋甚兵衛にそそのかされて九十九平を支配しようとしておるらしい」

一座がドッと色めきたった。

「支配とはなんじゃ。支配とは……」

太佐衛門が怒気をみなぎらせた。

「九十九平は権現《ごんげん》さま以来、曲家の永代私有地じゃぞ。それをどうしようというのじゃ。まさか藩が開墾して田んぼにでもしようというのかの」

「いや、水田には向かぬことは藩でも承知のことじゃ。どうやら狙いの眼目は九十九紙らしい」

官兵衛はふところから巻紙の文を出し、頭上にひらひらとかざしてみせた。

「これは津山監物どのからの文じゃ。今朝、啓之助が届けてくれたものだが、この文によると、弓削家老は九十九平の楮《こうぞ》や三椏《みつまた》などを辰巳屋甚兵衛の手にゆだねようとしておるようだの」

「なにぃ」

またもや一座は騒然となった。

「ご一同、お静かになされ」

太一郎が立ちあがり、よく透る声で制止した。

「ただ騒ぐだけでは話の筋道が見えませぬ」

さすがは分家の総領だけあって、太一郎の一言で座は静まった。

それを待って、太一郎は官兵衛に向き直った。

「ご本家。ゆだねるとはどういうことかわかりません。辰巳屋の狙いは楮や三椏を一手に買い占めようということですか」

「いや、そんな生やさしいものではないらしい。この監物どのの文によると、辰巳屋は楮や三椏、漆《うるし》、櫨蠟《はぜろう》にいたるまで、九十九平の産物をすべて掌握し、おのれの手で仕切ろうという魂胆のようだ」

「じょうだんじゃない」

「そんな、ふざけたはなしがあるか」

ふたたび広間は騒然となった。

あちこちで弓削家老や辰巳屋甚兵衛を罵《ののし》る声が乱れとんだ。

――なんとも凄まじいものだな。

辰巳屋甚兵衛はともかく、弓削内膳正は岳崗藩の筆頭家老である。

それを呼び捨てにし、あからさまに罵倒する。

幕藩体制のなかではありえないことである。

平蔵はあらためて曲一族の立場が、岳崗藩では特異な存在だということを思い知らされた。

しかし、藩権力にも屈しない一族の結束と気概を、平蔵は内心で快いものに感じていた。

ましてや波津と結ばれたからには平蔵も曲一族の末席につながる身である。

一族の存亡にかかわる危難を前にして傍観するつもりは毛頭なかった。

――どうやら……、

おれは日々平安には生きられない男なのかも知れんな。

そんなことを考えていたとき、波津が広間に姿を見せると小走りに平蔵のかたわらにひざまずいて耳打ちした。

「波津……」

目ざとく官兵衛が見とがめ、上座から声をかけた。

「なにかあったのか」

「はい。上ノ庄のおちよさんが難産で苦しんでいるそうで、平蔵さまに来ていただけないかと……」

「おお、新吉《しんきち》の女房か。それは心配だろう。平蔵、はよういってやれ」

「中座してもかまいませぬか」

「よいとも、お産は女子《おなご》の大役じゃ。ほうってはおけまい」

「かしこまりました」

平蔵は黙礼し、急いで座を立った。

二

おちよの家は曲家から三町ほど離れた山裾にある。

亭主の新吉は腕のいい紙漉《かみすき》職人で、今年の二月におちよと夫婦《めおと》になった。

おちよはまだ十七歳だが、婚したときはすでに身ごもっていた。

新吉は紙漉の腕もいいが、仕込みの腕もよかったらしい。

むろん、おちよは初産である。

おちよは肉も薄く、骨盤も少女のようにか細い女だった。

平蔵と波津が駆けつけたとき、おちよは天井の梁《はり》から吊るした力《りき》み縄にしがみついて、赤ん坊をひりだそうと懸命に踏ん張っていた。

とうに破水していて、すこし赤子の頭が出かかっているが、そこで踏ん張りきれずにぐったりしてしまう。

疲れきったのか、息づかいも弱々しい。

「せんせい……」

平蔵の顔を見るなり涙ぐんで、手にすがりついてきた。

「おちよ。焦《あせ》らずともよい。ひと息ついて、ゆっくり息を吸え。胸いっぱいに息を吸って、ゆっくり息を吐き出す」

平蔵は自分もいっしょに深呼吸をしてみせた。

「波津。おちよの足首をしっかりおさえてやれ。足が動くと腰の踏ん張りが逃げてしまう」

「はい……」

波津は手早く裾をからげると、おちよの足のほうにまわりこみ、足首に臀《しり》をおろし、四つん這いになっておちよの両膝をつかんだ。

「よし、おちよの膝をすこし起こして、くの字に曲げさせろ。そうだ、そのくらいでいい。あとは、おれがよしと言ったら、おちよの膝を思いっきり左右に押しひろげろ。膝をつぼめてちゃ、赤子も出るに出られん」

そう言うと、平蔵はおちよの両肩をおさえつけた。

「いいか、おちよ。力むときに声を出すなよ。ぐっと奥歯を嚙みしめろ。声を出すと腹から気がぬけてしまう。新吉の赤子が欲しいんだろう。一生一度のつもりで踏ん張るんだ。わかったな」

「は、はい」

「ようし、目をとじて胸いっぱいに息を吸いこめ」

平蔵は額の汗を手の甲で拭《ぬぐ》うと、おちよの肩をおさえつけた。

「さぁ、いくぞ。縄をつかんで思いっきり腹に力をいれろ」

おちよはひしと目をとじ、縄にしがみついて、唸《うな》った。

「ようし、いいぞ、あと一息だ」

新吉の母親が仏壇の前で懸命に念仏を唱えている。

新吉は土間をうろうろしながら口のなかでなにやらブツブツつぶやいている。

どうやら神さまと仏さまを総動員しているらしい。

「ううううっ……」

おちよの唸り声がひときわ高くなったと思った瞬間、波津の声が弾けた。

「ああ、産まれた。……産まれたわよ、赤ちゃん」

「ようし、よかった。よかったな、おちよ」

平蔵、ふうーっとひとつ、安堵の吐息をもらした。

三

ぶら提灯《ちょうちん》を手にした波津と肩を並べて帰路につきながら、平蔵はふと立ち止まり夜空を見あげた。

頭上には満天の星空がひろがっている。

波津がしゃがみこんでフッと提灯の灯を吹き消すと、平蔵のかたわらにそっと寄り添った。

ほのかな波津の匂いが夜の大気にただよった。

「女子というのはたいしたものだな」

ぼそりと平蔵はつぶやいた。

「まだ十七の、か細い躰でもちゃんと子を産む。しかも子を孕《はら》んだのは十六のときだぞ。新吉は子が欲しくておちよを抱いたわけじゃあるまい。ただ、おちよの躰が欲しくて抱いただけだろうよ。おちよは新吉のツケを払わせられたようなものだ」

波津はくすっと笑った。

「平蔵さまもそうだったんですか」

「ン……」

「いいんですよ、それで……おあいこですもの」

「おあいこ」

「ええ、わたくしも平蔵さまの赤子《やや》を産みたいと思っていたわけではありませぬ。ただ……」

波津はひそと身を寄せてきた。

「平蔵さまと結ばれたかっただけ……」

波津がそっと胸に頬をうずめてきた。

よく日干しされた藁《わら》のような髪の匂いがした。

その匂いにまじって、ほのかに汗ばんだ波津の体臭が鼻孔を刺激した。

思わず抱きよせ、唇を重ねると、波津は腕を平蔵のうなじにまわし、背伸びしてすがりついてきた。

虫のすだく声にうずもれながら、二人はしばらく身じろぎもせず、むさぼるように口を吸いあった。

　波津の体温が着衣をとおして伝わってくる。

「平蔵さま……」

　波津が切なげに身をよじった。

　平蔵の手が波津の臀のまろみにふれた。

　思わず、ぐいと抱きよせようとしたとき、前から提灯の灯が二つ、近づいてくるのが見えた。

　話し声も聞こえてきた。

　二人が急いで離れたとき、野太い嗄れ声がした。

「おお、波津ではないか」

　提灯の灯影に一族の長老の太佐衛門の笑顔がゆらいでいる。

「平蔵どの。赤子は無事に産まれましたかな」

　太佐衛門が近づいてきて平蔵に問いかけた。

「はい。つつがなく産み落としました」

「それはなによりじゃ。で、股座《またぐら》のモノはチンか、ボコか」

「は、チンのほうです」

「そうか、そうか、新吉め、やりおったのう」

「男の子とは、おちよもお手柄でしたな」

太佐衛門の供をしていた太一郎が笑いかけた。

「聞きましたよ、神谷さま。波津どのと祝言《しゅうげん》をあげられるそうですね」

「は、いや、その……」

だしぬけにすっぱぬかれて、平蔵、さすがに照れくさく口ごもった。

どうやら官兵衛が早速、一族に披露してしまったらしい。

「おお、それよ、それ」

太佐衛門がポンと手をたたいた。

「胸糞の悪い話を聞かされて腹が煮えくりかえったが、波津の婿が平蔵どのにきまったと聞いて、わしも胸が晴れたわ」

太佐衛門は破顔して、波津の臀を団扇《うちわ》のような手でパンとぶった。

「聞けば、二人とも、とうに乳繰りおうたというではないか」

「お爺さま……」

両手で顔を隠し、波津はくるっと背中を向けた。

「ほう、じゃじゃ馬がめずらしく照れておるわ。ン、乳繰りおうてすこしは女子らしゅうなったようじゃの」

「もう、存じませぬ」

「それにしても、よい婿どのをつかまえたの。でかしたぞ、波津」

よほど波津を可愛がっていたらしく、太佐衛門の上機嫌はとどまるところがなかった。

「さすがは本家の娘じゃ。むかしから夜叉神のものは、男も女子も狙《ねろ》うた獲物はめったと外しはせぬものよ」

官兵衛もずけっとモノを言うタチだが、太佐衛門はそれに輪をかけた爺さまらしい。

——それにしても……、
おれを獲物とはよく言ってくれるわと、平蔵は苦笑いした。

「のう、平蔵どの。わしは波津がまだ襁褓《むつき》もとれぬころから可愛がってきた女子での。コレがよい婿どのにめぐりあわねば死ぬにも死ねぬと思うておったのじゃ。せいぜい可愛がってやってくれ」

「お爺さま」

たまりかねたように波津が口を挟んだ。

「もう、一族の話し合いはすみましたの」

「なんの、話し合うまでもないことじゃ。守銭奴の辰巳屋ごときに九十九平を荒らされるわけにはいかんからの。藩と差し違えてもよい覚悟でかかれと本家に申してきたわ」

酒がはいっているせいもあり、太佐衛門は饒舌《じょうぜつ》だった。

「父上……」

太一郎が苦笑いして、止めにはいった。

「神谷さまがお困りですぞ」

四

屋敷にもどると、台所で女中たちが後片付けに大わらわになっていた。

官兵衛は板の間で、小日向惣助と啓之助を相手に酒を飲んでいた。

惣助は下戸《げこ》だから、酒の相手はもっぱら啓之助のようだった。

波津も急いで襷《たすき》がけをし、女中の手助けにかかった。

おちよが無事にお産をすませたことを告げてから、平蔵は啓之助の隣にどっかと胡座《あぐら》をかいた。

「寅太たちはもう長屋にもどったのか」

「ええ、どうやら風雲急を告げることになりそうなので門弟は一旦、帰宅することになったんです」

「風雲急を告げる、か」

いかにも啓之助らしい気負いこんだ科白《せりふ》だとおかしくなった。

「じゃ、おまえとも当分お別れだな」

「おれは帰りませんよ」

啓之助はニヤリとした。

「先生が危急存亡のときに屋敷にのこのこもどったりしたら親父から勘当されます。そういう親父ですよ」

チッと官兵衛が舌打ちした。

「しょうのないやつだ。足手まといになるだけだから帰れと言ったんだが、意地を張りよって梃子《てこ》でも動かん」

「足手まといになるかどうか、ま、見ていてください」

啓之助は昂然と胸を張ってみせた。

見栄かどうかは別にして、臆したところは微塵《みじん》もなかった。

ふだんはへらへらしているように見えるが、存外、腹は据わっているのかも知れないと、平蔵はあらためて啓之助を見直した。

「わしはしばらく寝てくる」

官兵衛がむくりと腰をあげた。

「いいな、平蔵。今夜、九つだぞ」

「は……」

のそりと奥の間に引きあげていく官兵衛を見送って、啓之助が不審そうに平蔵に問いかけた。

「九つになにかあるんですか」

「なに、ちょいと官兵衛どのから小言を食うのさ」

まさか秘太刀の伝授を受けるとは言えなかった。

「ははぁ、そうか……」

どう勘違いしたのか、啓之助はチラリと土間の波津に目をやってささやいた。

「聞きましたよ、波津どののこと」

「ン……」

「これから大変ですね、神谷さんも」

「なにが」

「だって、雷親父にじゃじゃ馬とくりゃ……」

波津のほうに目をやって、ひょいと肩をすくめた。

洗い物をしていた波津が睨《にら》みつけていた。

「啓之助。いつまでぐずぐずしているんですか。早くやすみなさい」

「ほうら、きた」

急いで腰をあげ、平蔵に耳打ちした。

「せいぜい尻に敷かれないようにしてくださいよ」

五

そろそろ秋が近いせいか、夜風がひんやりとしている。

平蔵は行灯《あんどん》の火影《ほかげ》で刀の手入れをしていた。

師の一竿斎から拝領した愛刀、ソボロ助広は刃こぼれひとつなく、刀身は冴え冴えと澄み切っている。

打ち粉を刀身にたたきつけながら、沖山甚之介との立ち合いを思い起こした。

どっちが勝ってもおかしくないほどの凄絶な立ち合いだった。

商人の用心棒にしておくには惜しい男だった。

――赤穂浪士の末裔か……。

赤穂浪士が吉良邸に討ち入ったのは元禄十五年の師走半《しわすなか》ばの十四日、いまから十三年前になる。

まだ平蔵は二十歳だったが、あのときの衝撃はいまだになまなましい。

沖山甚之介も家督を継ぐ前だったと言っていたが、おそらく父親が大石内蔵助《くらのすけ》に与《くみ》することをためらったのだろう。

――無理もない。

このご時世、公儀に逆らってまで藩主の暴走の汚名をそそごうとする侍はめったにいない。

血盟に与しなかった沖山の父親が、その後、どう生きたのかはわからないが、責められる筋合いはないだろうと思う。

平蔵の兄の忠利は徳川家の旗本だが、もし幕府が崩壊する羽目になったら、どう身を処すだろう。

能吏の兄なら、時勢に逆らわず、うまく立ち回るのではないかなと思った。

しかし、沖山甚之介は大石の血盟に参加しなかった父に憤懣《ふんまん》を抱いていたようだった。

――あの男は死に急ごうとしていたような気がしてならない。

いまの世は、侍の腰の物が武士の身分を誇示するタダの飾り物にしかすぎなくなっている。

剣の修行など糞の役にもたたないどころか、下手をすれば命取りになりかねない時代である。

――おれも、その時代遅れの仲間だな。

フッと苦い笑いがこみあげてきた。

廊下を踏む跫音《あしおと》がして、波津が一升徳利と椀を手にはいってきた。

「刀のお手入れですか」

「うむ。今日はずいぶん手荒く遣ったからな」

「九つまでは、まだ間がございますよ。すこし飲んでおやすみになったほうがよろしいと思って……」

「知っているのか、今夜のことを」

「いいえ、父はなにも言いませんが、夜中に呼びだすということは大事なことを平蔵さまに伝えようということのほかありませぬもの」

波津はほほえんだ。

「風花の太刀……」

ずばりと波津は言った。

「そうでしょう」

それには答えず、平蔵は椀を手にした。

「すこし眠っておこう。今日は忙しかったからな」

「そうなさいまし……」

波津は椀に酒をつぎながら目を笑わせた。

「平蔵さまがおやすみになるまで、お側《そば》にいてさしあげます」

「よしてくれ。そばにいられれちゃ寝つけなくなる」

「ま……」

「ふふふ」

六

半刻前に目覚めて、平蔵は井戸端で清めの水を浴びた。

柔らかな半月が夜叉神岳の鋭角をもつ稜線を照らしだしていた。

あと一月もすると、満月になる。

――そのころまで生きていられるかな。

ふと、そんなことを思った。

跫音がして波津が手に新しい下帯《したおび》をもってきてくれた。

波津に背中を向け、濡れた下帯をはずし、新しい下帯をしめた。

「わたくし、道場の外でお待ちしています」

波津はすこし緊張した、きつい表情でささやいた。

「父から、道場にはだれ一人近づかないよう見張っていろと、申しつけられました」

無言でうなずいて、離れにもどり、波津が用意しておいてくれた稽古着をつけて道場に向かった。

すでに官兵衛は来ていた。

道場には灯火ひとつなく、武者窓から半月の淡い光がさしこんでいるだけだった。

見所《けんぞ》で端座していた官兵衛が木刀をさげて道場の床におりてきた。

武者窓の桟《さん》が官兵衛の姿に黒い縞模様を描きだしている。

平蔵はすこし戸惑いながら木刀を手にして官兵衛の前に歩みよった。

「戦いは昼夜を問わぬ」

「は……」

「暗夜の屋内で襲われることもままあろう」

官兵衛はだらりと木刀をさげたまま、語りかけた。

「雨や雪、嵐といえども避けることはできぬ。非常のときに人は惑う。とっさのときに瞬時に躰が動かぬ。天変地異に人はもろい。獣の本能を失《うしの》うてしもうたからの」

淡々とした抑揚のない声が暗い道場に流れた。

「山野の鳥や獣は嵐の襲来を察知し、身をひそめる。地震をも予知し、迷うことなく、いっせいに逃れる。人は非常のとき、ただ立ちすくみ、うろたえる。……

まず、頭で考える癖がしみついているからとしか言えぬ」

迷うことなく、官兵衛は喝破した。

「非常のときに立ち向かうには人が人であることを捨て、獣に立ち返るしかない。獣は常に非常のなかに生きておるゆえな。わかるか、獣がもっとも恐れるのは交尾のときぞ。獣も、人も交尾のときは官能の快楽《けらく》に溺れ、うつつになる。ゆえに弱い獣ほど交尾にときをかけぬ。鳥の交尾は瞬時におわる。交尾のときは飛べぬからの。それにくらべて人はどうじゃ。さして強い生き物でもないのに交合《まぐわ》うときは恐ろしくときをかける。おのれが弱いことを忘れ、傲慢《ごうまん》になったからであろう。人は万物の霊長と勘違いし、快楽をむさぼることに馴れてしもうたのよ」

剣の伝授とはかけはなれているような気がしたが、その指摘は疑いもなく核心をついていた。

ふいに官兵衛の双眸《そうぼう》が一変し、炯々《けいけい》たる光芒《こうぼう》を発した。

「人には見る、聴く、嗅ぐ、触れる、味わうという五感のほかに、本来もうひとつ、無心のうちに感知するという本能をもっておる。山野の鳥獣にもそれはある。人は安逸のうちにそれを失うてしもうた。その本能をとりもどすことこそが風花の真髄じゃ」

ふいに官兵衛の躰がすべるように斜めに動いた。

五十を越えたとは思えぬ敏捷な動きだった。

平蔵は木刀を青眼に構え、官兵衛の動きについていった。

武者窓からさしこむ淡い光が逆に官兵衛の動きを眩暈《げんうん》につつんでいる。

平蔵はひたすら気配をとらえることだけに神経を凝縮した。

しかし、そのことこそが獣の本能とは無縁の、人としての防御の作業だった。

気配は突如、背後から襲いかかった。

間一髪、踵《きびす》を返し、向き直った瞬間、凄まじい一撃が跳んできた。

避けようもない一撃だったが、その必死の危機が剣士の本能を呼びさまし、とっさに腰を沈めると、すくいあげるように木刀をふった。

間一髪、無心にふった受けの太刀が間にあったが、木刀をつかんだ手がしびれる強烈な衝撃が伝わった。

そのまま床を蹴って、三間余を走った。

走った目の前に、忽然《こつぜん》と官兵衛の黒い影が立ちふさがっていた。

体勢を立て直す間もなく、唸るような一撃が肩口に襲いかかった。

平蔵は床に身を投げ出し、倒れながら横殴りに木刀を払った。

官兵衛の躰が飛鳥のように平蔵の上を飛び越えていった。

黒い影は怪鳥《けちょう》のごとく羽ばたいて、音もなくふわりと床におりたった。

撥ねるように身を起こし、ふたたび木刀を青眼に構え直した。

全身に汗が噴き出してきた。恐ろしく冷たい汗だった。

対峙《たいじ》しているのは生身の人ではなく、まぎれもない物《もの》の怪《け》だった。

物の怪の前には、人でありつづけることはできない。

平蔵は見ることを捨て、闇に向かってひっそりと佇《たたず》んだ。

七

波津は道場の入り口にひっそりと、佇んでいた。

ときおり鋭い気合いの声と、木刀と木刀のふれあう音が響いてくるだけで、話し声は何ひとつ聞こえてはこない。

床を蹴る音が響き、木刀がからみあう乾いた音がした。

もう、一刻（二時間）あまりも経つが、ひしひしと伝わってくる緊張した気配には微塵の緩みもない。

波津はひしと両手を組みあわせ、祈るように眼をとじた。

かたわらに人の気配がして目をあけると、いつの間にか啓之助がしゃがみこんでいた。

「………」

睨みつけると、啓之助が拝むように両手をあわせた。

その気持ちは痛いほど波津にも伝わった。

本来、流派の秘太刀は直弟子に伝えられるものである。

啓之助は悔しいにちがいない。

しかし、まだ自分が伝授されるだけにいたっていないことがわかっているのだろう。

それを素直に受け止めて、せめて外からでも居合わせたいのだ。

「啓之助……」

そっとつぶやいて波津は腕をのばし、啓之助の手を握りしめ、うなずきかけてやった。

「声を出してはいけませんよ」

啓之助は黙ってうなずきかえした。

「おまえにも、いつか、きっとその日がきますよ」

なにやら啓之助の姉になったような気がした。

うなずいた啓之助の眼が、うれしそうにキラキラとかがやいた。

また、道場のなかで鋭い「ヤ声」が激しく交錯した。

同時に木刀のへし折れる音が響き、折れた木刀が床板に転がる乾いた音がカラカラと響いた。

「音はすれども姿は見えず……」

ぼそっと啓之助がつぶやいた。

「え……」

「ふふ、ほんにあなたは屁《へ》のような」

「もう、あなたは……」

「おれ、もう寝てきます」

啓之助がサバサバした表情になって腰をあげたとき、ふいに道場から官兵衛が姿を現した。

全身からボウボウと湯気がたっている。

ジロリと二人を一瞥《いっべつ》すると、無言で母屋《おもや》のほうに向かった。

身じろぎもせず、その後ろ姿を見送った啓之助が肩をすくめ、溜息をついた。

「あんな怖い先生の顔を見たのははじめてだ」

しばらくして平蔵が出てきた。

惣髪《そうがみ》はぐずぐずになり、鬢《びん》の毛がそそりたっていた。

稽古着は水を浴びたようになっている。

頬はげっそりと殺《そ》げ落ちていたが、双眸は凄みを帯び、野獣のような燐光を発していた。

「おわった……」

フッと和《やわ》らいだ眼で波津に笑みかけると、啓之助に目を移した。

「おまえも、ずっとここにいたのか」

「ええ。音はすれどもなんとやらです」

「ほんにあなたは屁のような、か」

平蔵はニヤリとした。

「あれ、知ってるんですか」

「あたりまえだ。色街遊びなら、おまえなんかよりずんとに年季がはいってるんだぞ」

「いいんですか、波津どのの前で、そんなこと言って」

「なに、十年も前のことだ。借金だって帳消しになるさ」

「借金……」

波津が目を丸くした。

「ああ、探せばゾロゾロ出てくるだろうな」

「ま……」

呆《あき》れたように波津がプッと吹きだした。

「どうだ、啓之助。一杯つきあわんか。このままじゃ眠れそうもない」

「いいんですか、おれで……」

チラッと波津をうかがうように見た。

「なんだか、お邪魔虫みたいな気がしますが」

「もう、啓之助ったら……」

波津が真っ赤になって、くるっと背中を向けた。

「バカ。若いもんがよけいな斟酌《しんしゃく》するな」

平蔵が笑いながらドンと啓之助の背中をどやしつけた。

「ただし、今夜の稽古のことは禁句だぞ」

「わかっています」

「おれの部屋で飲もう。おれはちょいと水を浴びてくるから、波津といっしょに先に部屋にいって待っていろ」

「へええ、もう呼び捨てですか」

「ン……」

「いや、その分なら、どうやら波津どののお尻に敷かれる心配はなさそうだなと思っただけですよ」

「こいつ」

苦笑したが、言われてみると、波津とはまだ祝言もすませていない仲である。

それが気づかぬうちに、つい呼び捨てにしてしまっている。

睦《むつ》みあった男と女の仲というのは油断ならぬものだ。

「呼び捨てはまずかったかな」

「いいえ。そう呼んでいただくほうが波津はうれしゅうございますもの」

そう言って波津はほんのり頰を染めた。

「まいったなぁ。ひとりもんの目の前でお惚気《のろけ》ですか」

「啓之助のほうこそ、ご新造のお尻に敷かれないようになさい。あなたは女子にでれでれしそうですもの」

「なに、おれは波津どのみたいなおっかないひとを妻にしたりしませんよ」

「もう、おぼえてらっしゃい」

「へへへへ」

啓之助は一向にこたえたようすはない。

なんとも憎めない男ではある。

第八章　逆　襲

一

「卍組とやらも口ほどにもない輩《やから》だの。神谷平蔵とやらに手もなくやられたそうではないか」

弓削内膳正は脇息にもたれたまま、苦り切った口ぶりで目の前の辰巳屋甚兵衛と古賀宗九郎に冷ややかな眼差しをそそいだ。

「検分ひとつまともにできんでは、九十九平をどうのこうのとは言えんぞ」

「いえ、そうは申されますが、九十九平にあれほど猟犬が放し飼いにされているなど思いもよらぬことでして……」

さすがに辰巳屋甚兵衛も今度ばかりは強いことも言えず、苦虫を嚙みつぶしたような苦渋《くじゅう》の表情で、蟬《せみ》しぐれがすだく弓削屋敷の広大な庭に目をそらせた。

「ほう、犬か……」

弓削はにべもなく嘲笑した。

「犬に手を焼いているようでは神谷平蔵にやられるのも当然だの。天谷八郎もついていったと聞いたが、天谷は何をしておったのじゃ」

「ご家老。天谷の腕では到底、神谷平蔵には敵《かな》いませぬゆえ、それがしが止め申した」

「そちはどうしておったのじゃ。もしやして長年の浪人暮らしで、東軍流の腕も錆びついたか」

「なんの、いずれはそれがしが神谷平蔵との決着はつけますが、それには余人の邪魔がはいっては存分に剣を遣えませせぬ」

「邪魔とは官兵衛のことか」

「官兵衛ばかりではござらん」

「うむ。ほかにどんな邪魔者がおるというのじゃ」

「九十九の村の者たちでござる。板木《ばんぎ》をたたくだけで村の者がすぐに駆けつけてまいります。あの村落の結束は思いのほかに手強いものですぞ」

「なにが結束じゃ。たかが百姓の百人、二百人集まったところでどうということはあるまい」

「いやいや、ご家老。九十九村の者は夜叉神族の血を引くだけあって、並の百姓どもとは性根がちがいまする。言うなれば九十九は村落そのものが曲一族の砦《とりで》のようなもの、軍兵を差し向けるならともかく、頭ごなしに脅しつけても容易には屈服いたしますまい」

「砦じゃと……」

弓削は癇走《かんばし》った声を荒らげた。

「なにをバカな。村に曲輪《くるわ》や石垣造りの城があるわけではあるまい」

「人の砦でござる」

「なにぃ、人の砦とはどういうことじゃ」

「そもそも九十九平に手をのばそうとされるのは九十九の紙が欲しいがためではありませぬか。楮《こうぞ》や三椏《みつまた》を手にいれたところで紙漉《かみすき》職人が言うことを聞かねば九十九紙は手にはいりませんぞ。いくら辰巳屋が美濃や越後から紙漉を連れてまいるともうしたところで、役に立つ職人はほんのわずか。おおかたは下働きの者ばかりでござろう。そうではあるまいかな、辰巳屋」

「そ、それは、まぁ……」

「つまりは九十九の紙漉職人が背けば、九十九紙は絵に描いた餅もおなじことにござる」

「ならばどうせいというのじゃ」

「合戦に勝つ手だてはふたつ。利をもって誘うか、さもなくば……」

「さもなくば、なんだ……」

「大将首を討ち取ることです」

「なに……」

「古賀さま……」

これには、弓削も辰巳屋も絶句した。

「それがしが調べたところによれば、曲一族の要《かなめ》は頭領の官兵衛ただ一人。長老の太佐衛門は老いぼれで、とても一族をまとめきれますまい」

「しかし、いかになんでも討ち取るというのは……」

「むろん、殿の上意なしでは妄《みだ》りに討ち取るわけにはいきますまいから、藩士を使うことはできませぬ」

宗九郎は不敵な笑みをうかべた。

「なれば、手だてはひとつしかござらん」

「そちが斬るというのか」

「いざとなれば、それがしが成敗するしかござらんが、その前にひとつ、仕留めるには絶好の手だてがござる」

「また卍組を使うというのか」

「卍組にも働いてもらいますが、卍組ではもっとも腕のたつ沖山甚之介が手もなく討ち取られたところをみると、卍組だけでは心許ないでしょう」

「と、いうと……そちに何か思案があるのじゃな」

「いかにも……」

宗九郎は自信ありげにうなずいた。

「ともあれ官兵衛を仕留めるには、まず神谷平蔵と引き離すのが肝要。それにはまず、官兵衛を九十九平の外に誘いだすことですな。九十九の地は官兵衛の自陣も同様、敵将をひそかに仕留めるには陣営の外でのうてはなりますまい」

「ううむ……ひそかに、か」

弓削内膳正はおおきくうなずいた。

「そちの思案、どうやら読めたぞ」

二

病人の名は八重《やえ》という、まだ六つの女の子だった。

いつもは白桃のような愛らしい頬が、高熱で赤らんでいる。

呼びかけても答えようとはせず、息遣いもせわしなく、こんこんと眠りつづけている。

どう診《み》ても、容易ならざる重症だった。

「いかがですか、神谷さま」

かたわらから太一郎が気遣わしげに問いかけた。

八重は太一郎の大事な一粒種だった。

「…………」

平蔵はすぐには答えられなかった。

夕刻、太一郎から往診を頼まれ、波津といっしょに中ノ庄の分家まで馬で駆けつけたのだ。

祖父の太佐衛門は腕組みしたまま、仁王のような怖い顔をしてむすっと押し黙っていたが、平蔵の顔を見ると無言のまま頭をさげただけだった。

平蔵は険しい表情で夜具を静かに剝《は》ぎ、八重の寝衣の胸をひらいて、ちいさな胸に耳をあててみた。

脈拍は弱く、喉に痰《たん》がからんでいるらしく、かすかな喘鳴《ぜんめい》がある。

手をのばし、腹のまわりを触診してみた。

腹は柔らかく、宿便がたまっているようすはない。

寝衣を直し、夜具をかけてやった。

「熱が出たのはいつからです」

「今朝です。……そうだな、お千香《ちか》」

太一郎が妻の千香をかえりみた。

「は、はい。昨日まで風邪気味で、早く休ませたのですが……朝になっても目をさまさなくて……それで」

千香は、ふいに涙ぐんだ。

「泣くな」

太佐衛門が吠えた。

「泣いたとてどうなるものでもないわ」

「は、はい。申しわけございませぬ」

千香はおろおろ声で詫びた。

「神谷さま。どうか、八重を……なんとか」

千香は拝むように平蔵に両手をあわせて懇願した。

拝まれても、平蔵は神でも仏でもない。

こういうときは医者になどならなければよかったと思う。

「ご新造。大釜に湯をわかしてください。部屋に盥《たらい》を置いて、湯をつぎたして部屋を湯気で暖めてやってもらいたい」

「は、はい……」

波津が運んできた薬箱を引きよせ、熱さましの薬包をとりだすと、波津にぬるま湯を椀にいれてくるように言った。

ちいさな木の匙《さじ》で椀のぬるま湯に散薬を溶かし、丁寧に混ぜた。

重症の子供の病人に薬を飲ませるほどむつかしいことはない。

だいたいが薬は苦いし、飲みにくいものだ。

飲ませないわけにはいかないが、無理に飲ませようとすると吐いてしまう。

子供をあやしながら薬を飲ませるのは女のほうが上手と、むかしから相場はきまっている。

「波津。布に薬を溶かしたぬるま湯をふくませ、すこしずつ絞りながら口のなかにたらしこんでみてくれ」

平蔵は八重の上体を片手で抱き起こし、小鼻を指でソッとつまんだ。

人間は鼻をつまむと自然に口をあけるものだ。

案の定、八重がかすかに口をひらいて喘《あえ》いだ。

波津が素早く布に浸したぬるま湯の薬を舌の上にたらしこんだ。

熱で喉が渇いていたのだろう、八重はゴクンと飲みこんだ。

「よし、いいぞ。焦《あせ》らず、すこしずつ飲ませろ」

全部とはいかなかったが、どうにか七分目ぐらいは飲んでくれた。

「太一郎どの。饂飩粉《うどんこ》はありますかな」

「饂飩粉ならたっぷりありますよ。我が家では手打ち饂飩や蕎麦をよく食べますから」

「じゃ、薬味に使う唐辛子か、根生姜もありますね」

「根生姜ならありますが」

「よし、それを使おう。擂《す》りおろして絞り汁をもってきてください」

「わかりました」

「それと、いま文をしたためますから、夜分すまぬが本家まで使いを頼みます」

「かしこまりました。嘉吉という足の達者な男がおりますから半刻もかからないと思います」

「ほう、それは助かる」

分家から本家までは、ざっと一里半（六キロ）ある。それを半刻（一時間）で往復するとは大変な脚力だが、ともかく早いに越したことはない。

平蔵はすぐさま筆を走らせ、小日向惣助に宛てた文をしたためた。

薬箪笥にある「白老《びゃくろう》」という薬草が欲しいということと、今夜は二人とも帰宅できぬことを伝えるためだった。

この薬草は亡くなった養父の夕斎《せきさい》から教わったもので、解熱に特効がある。

磐根藩に伝わる秘伝の薬草で、毎年、藩邸から届けてもらっている。

ほかでは手に入らないため、江戸を出るときも忘れずに油紙に包んで持ってきたもので、惣助に頼んで曲家の薬箪笥に保管してもらってある。

一匁《もんめ》一両もする高価薬で、いわば最後の頼みの綱だった。

饂飩粉と生姜の汁は、練りあわせて喉と胸に湿布をするためだ。

発熱には湿布がよく効くものだ。

ことに八重は子供にしては脈拍が弱いから、湿布で血のめぐりをよくし、発汗させたかった。

喘鳴があるのは風邪で喉をやられているのだろう。

根生姜は喉にも効能がある。

薬草が届くまで饂飩粉を擂鉢《すりばち》にいれ、生姜の汁と混ぜあわせ、湯をそそぎながら丹念に練った。

晒《さら》しの布に、生姜汁を混ぜて練った饂飩粉を薄く塗りつけ、油紙をかぶせ、八重の胸と喉に静かにあててやった。

太一郎が言ったとおり、半刻後、使いの者が指示した薬草を持ち帰ってきた。すこし濃いめに煎じさせ、水をそそいで冷まし、蜂蜜で甘味をくわえ、波津の手を借りて木の匙ですこしずつ八重に飲ませてみた。

この薬草は苦味が強く、子供だと嫌がるが、蜂蜜の甘みをくわえたせいか、八重は吐き出すこともなく、うまく飲んでくれた。

――もう、深更。

打つべき手は、すべて打ちつくした。

「あとは待つだけだな。うんと汗をかいてくれるといいんだが……」

ぼそりとつぶやいた。

波津がかすかにうなずいてほほえんだ。

千香が用意してくれた握り飯を頬張り、熱い味噌汁を飲むとドッと疲労がおしよせてきた。

「太一郎どの。今夜がヤマです。朝までに熱が下がればいいんだが……」

「神谷さま……」

太一郎は両手をつき、深ぶかと頭を下げた。

「ありがとうございました」

「いや、礼を申されるのは、まだ早い」

「いいえ。たとえ八重の容態がどうであろうと、これだけのことをしていただいたご恩は生涯忘れませぬ」

見ると太佐衛門が両眼をひしととじ、目尻から大粒の涙を流していた。

八重の枕元で腕組みし、目をとじた。

波津がうしろにまわり、そっと肩を揉みはじめた。

よく透る指だった。

遠くで梟《ふくろう》の鳴く声を聞きながら、平蔵はとろとろとうたた寝した。

三

ふっと目がさめると、背中から温かな体温がほのかに伝わってくる。

波津が平蔵の肩に両手をかけながら、微睡《まどろ》んでいた。

千香は八重の枕元に座ったまま、じっと娘の寝顔を見つめている。

血の気のうせた青白い顔だった。

太一郎は端座したまま、身じろぎもせず八重を見守っていた。

八重はすやすやと眠っていた。

頬の赤らみがうすらいでいる。

手をのばし、額にあててみた。

すこし汗ばんでいたが、熱もだいぶ下がってきている。

寝衣は汗でぐっしょり濡れているが、脈もしっかりしてきたし、喉の喘鳴もなくなっていた。

湿布をはずし、太一郎をふりむき、うなずいてみせた。

「どうやら、峠は越したようですよ」

ふいに千香が前かがみになり、声を絞りだすように噎《むせ》び泣いた。

「おかあさま……」

八重が目をあけ、手を千香のほうにのばした。

「八重……」

千香がそのちいさな手を握りしめ、声をふるわせ、すすり泣いた。

「よかった。……よかったわね。八重」

太一郎も双眸《そうぼう》をうるませていた。

「どうやら煎じ薬と生姜の湿布が効いたようだ。もう心配はいらんでしょう。ずいぶん寝汗をかいたようですから汗をよく拭いて着替えさせてあげるといい」

「ありがとうございました。まだ夜明けには間があります。八重はわたしどもがついておりますので、おふたりとも少しお休みください」

すすめられるまま別室に行くと夜具が二組敷かれていた。

欲も得もなく着衣を脱ぎ捨て、さっさと布団にもぐりこんだ。

波津が着物を脱ぐ気配を聞きながら眠りかけると、波津がそっとためらいがちに布団にもぐりこみ、ひしとすがりついてきた。

その素振りが、なんともいじらしかった。

波津の躰はひんやりとしていたが、たとえようもなく柔らかだった。

しなやかな腰に腕をまわし、愛撫しているうちに深い睡魔にひきずりこまれていった。

四

目覚めると波津の姿がなかった。

一組の夜具はきちんとたたんである。

障子《しょうじ》窓にまぶしいほどの朝日が燦々《さんさん》とさしている。

起きあがり、両手をのばしておおきく背伸びをした。

廊下に跫音《あしおと》がして、襖《ふすま》をそっとあけて波津がのぞきこんだ。

「おい、いつの間に起きたんだ」

「だって、もう、四つ（午前十時）ですよ」

「なに……」

急いで跳ね起きた。

「お八重ちゃんの具合はどうだ」

「もう、すっかり元気になって、葛湯《くずゆ》も飲んで、お粥《かゆ》も食べて、お千香さまに甘えっぱなし」

「そうか……」

食欲がもどれば回復も早いだろう。

ホッとして、顔を洗い、八重のようすを見にいった。

まだ床にいたが、目のかがやきが嘘のように生き生きしている。

子供の病気は重くなるのも早いが、治るのも早い。

このぶんなら、もう心配はないだろう。

念のため薬草を煎じ、もう一度飲ませておいた。

今日は蜂蜜は使わなかったが、八重は文句も言わず、聞き分けよく飲んだ。

太佐衛門の渋面も晴れやかになっていた。

客間で波津といっしょに朝餉《あさげ》を馳走になった。

産みたての鶏卵を炊きたての飯にかけ、かきこんだ。

ねっとりした黄身がからんだ飯はたまらなく旨《うま》い。

九十九名産の赤蕪《あかかぶ》の漬け物も、ほどよく漬かっていて格別に旨かった。

土産に赤蕪の漬け物と、太一郎が打ってくれたという手打ち饂飩をもらい、馬房にあずかってもらっていた鬼丸と初霜に跨《また》がって太一郎たちに別れを告げ、帰途についた。

そろそろ初秋が近いせいか、空はぬけるように青く澄み切っている。

路傍の彼岸花の蕾《つぼみ》が早くもふくらみかけていた。

山里の秋は駆け足でやってくる。

屋敷に帰ると小日向惣助たちが心配そうに駆けだしてきた。

八重が元気になったと告げると、みんなの顔が笑みくずれた。

波津といっしょに鬼丸と初霜を馬房にもどしにいくと、赤夜叉の馬房がカラになっている。もう一頭いる馬の馬房もカラだった。

惣助に尋ねると、城から官兵衛に登城するようにという差し紙がきたので、啓之助を連れて馬で城下にでかけたのだという。

啓之助を連れていったのは、赤夜叉を津山家の馬房に預かってもらうためだということだった。

一昨日の検分沙汰《ざた》のこともある。

行きはともかくとして、帰途は用心するに越したことはない。

辰巳屋甚兵衛はともかくとして、弓削内膳正の客だという古賀宗九郎という男には何やら底の知れない不気味さを感じた。

「よし、おれも津山さまの屋敷にいってみる」

「でも、昨夜もろくにおやすみになっていないのに」

波津がフッと眉を曇らせた。

「なに、まさかに城下で白昼襲われることもあるまいが、啓之助ひとりでは心許ないからな」

もう一度、馬房にもどると鬼丸を引き出し、城下に向かった。

獅子丸がどこからともなく現れて後を追ってきた。

左耳を半《なか》ば殺《そ》ぎ取られてからの獅子丸の面相は、何やら凄みを増してきたようだ。

五

九十九平から城下までは、ざっと五里半（二十二キロ）、徒歩だと小半日はかかるが馬なら途中で一休みしても、一刻（二時間）足らずで着ける。

九十九川に架けられた橋を渡ると、東西に走る川沿いの街道に出る。川は橋の手前から分岐し、支流は城下に向かい、岳嵩城の濠に流れこみ、遠く迂回してふたたび九十九川と合流する。

本流と支流のあいだの中州に岳嵩城が築かれ、城下町がひろがっている。

街道から岳嵩城まで東西にのびている道は馬出し道とよばれ、軍勢が通れるよう幅十間の広い一本道になっている。

道の左右には水田がひろがり、ところどころに防風林にかこまれた村落が点在していた。刈り入れを前にした水田には黄色く色づきはじめた稲穂がたわわに実り、風になびいている。

楮が一面に生い茂る九十九平とは、まるで違う異質の風景だった。

水量の豊かな九十九川の水利に恵まれているため、岳嵩藩は山国にしては裕福な口にはいる。それでも、権力者の欲というのはとめどがないものらしい。

弓削内膳正という家老の顔は見たことがないが、辰巳屋甚兵衛などという商人と結託しているからには私腹を肥やすことと、権勢欲にとりつかれた亡者のような男にちがいない。

城下町に入る手前に櫟《くぬぎ》や楢《なら》などの雑木が生い茂るこんもりした森があった。

森の奥には豊作と厄除けを願って建てられたものらしい稲荷の祠《ほこら》がある。境内の入り口には古びた鳥居があり、境内には欅《けやき》の大木が聳《そび》えている。祠の前には稲荷社にはつきものの石造りの狐《きつね》が二匹鎮座している。林の前を流れる小川には土橋が架けられていて、林のなかから降るような蟬しぐれが聞こえてくる。

獅子丸が小川のせせらぎに口をつけて水を飲みはじめた。平蔵は鞍からおりて、鬼丸にも水を飲ませ、汗を拭《ぬぐ》いながら一息いれることにした。

なんとものどかな田園の昼さがりである。

岳崗城の天守閣が城下町の屋根の上に聳えているのが見える。

三層の天守閣の甍《いらか》の金の鯱《しゃちほこ》が陽射しを浴びてキラキラかがやいていた。

江戸城の広壮な城郭を見なれた平蔵の目にはそれほどではないが、岳崗藩領の領民にとっては威風堂々たるものに見えるだろう。

獅子丸と鬼丸にたっぷりと水を飲ませると平蔵はふたたび鬼丸の鞍に跨り、獅子丸のあとについて城下に入った。

城下町に入ると往来も賑やかになる。獅子丸を見かけた城下の犬が、怯《おび》えたように尻尾を巻いて軒下に逃げ込んでいくが、獅子丸は目もくれようとしない。

馬出し道をまっすぐ進んで、お濠端を東に折れると間もなく津山監物の広大な屋敷が見えてきた。屋敷の門前で馬をおり、屋敷の家人に来意を告げると、間もなく啓之助が玄関に駆けだして迎えてくれた。

「どうしたんです、神谷さん」

「いや、官兵衛どのが城から呼びだされたと聞いたから、ちょいと気になったまでさ」

「なぁに、ご家老が一昨日の件でいちゃもんをつけようというんでしょうが、非は向こうにあるんですから心配は無用です。とにかくおあがりください。親父が喜びますよ」

「ほう、津山さまはお城じゃなかったのか」

「へへへ、それが親父は九十九平の件で弓削一派に噛みついて下城してきたみたいですよ」

「ほう、そりゃまた……」

「やるもんですねぇ、親父どのも、おれ、見直しましたよ」

啓之助は上機嫌だった。

「しかし、執政たちを敵にまわして大丈夫なのか」

「へっちゃらですよ。こんなことぐらいで津山家はびくともするもんですか」

「ふうむ」

津山家というのは岳崗藩でも思いのほか別格の名門らしい。日頃から啓之助が平気で筆頭家老の弓削内膳正のことを呼び捨てにしているのも奈辺《なへん》にあるのだろう。

官兵衛は赤夜叉を津山家の馬房にあずけ、監物としばらく話し合ってから半刻前に登城したという。ともかく監物に会って挨拶をしようと、腰の物を外し、啓之助に案内してもらった。

さすがに名門の家柄だけあって、屋敷は平蔵の生家より広く、廊下の角をいくつか折れて奥の書院に向かった。

六

津山監物は書院で碁盤に向かい、棋譜を見ながら石を並べていた。

平蔵が監物に会うのは二度目である。

初対面のときは官兵衛といっしょに酒の相手をしていただけだったが、藩の要職にある人物とは思えない質朴な人柄に好感をいだいた覚えがある。

「おお、これは神谷どの。よう、わせられた」

監物は碁石を集めながら、

「わしはとんと無趣味な男でしてな。これだけが亡き父から見よう見まねで教わった下手の横好きというやつでござる」

棋譜は元禄のころ名人の名をほしいままにした本因坊道策《ほんいんぼうどうさく》と井上因碩《いのうえいんせき》が千代田城において五代将軍綱吉の前で対局した、いわゆるお城碁の棋譜だった。

流布されてはいないが、幕府の寺社奉行に手蔓《てづる》があれば内密に入手することができる貴重な品である。おそらく監物にはそうしたつてがあるのだろう。

また、それは道策と因碩の棋譜を並べて見るだけの棋力が監物にあるということでもある。

平蔵も囲碁は好きで、碁会所で打つときは五段格で打つだけの棋力はある。

「よろしければお相手いたしましょうか」

「お、これは忝《かたじけ》ない」

よい遊び相手を見つけた子供のように無邪気に相好を崩した。

監物の妻の静江がやってきたので、たがいに辞儀をかわし、静江がひきさがったあと、監物と碁盤を挟んで対局した。

監物の碁は人柄そのものの、おおらかな石の運びだった。

布石から一手、一手、盤面を見渡しては熟考し、ゆったりと石をつまみ、静かに石を置く。自陣をひたすら守るでもなく、平蔵の石を攻め立てるでもない、いうなれば局面の展開を楽しんでいるといった大人の風格を感じさせる碁だった。

しかも、打ちすすめるうちに局面が挽回不可能と見極めると、いたずらにもがこうとはせず、さらりと投了する。碁は投了の仕方で棋品がわかるものだ。

監物の棋力は三段ぐらいのようだが、まことに潔《いさぎよ》い打ち手だった。

二局打ったところで、官兵衛がようやく姿を見せた。

「門前に獅子丸がおるのを見て、おどろいたわ」

「帰路の供をしようと参じました」

「ふふ、年寄り一人では心許ないか」

苦笑すると官兵衛はどっかと監物の前に座り、

「いやいや、ご厄介をかけもうした」

官兵衛と監物は古くから相敬の間柄で、たがいに腹蔵ない言葉をかわす。

「どうやら、その顔では話し合いは思わしゅうなかったようじゃな」

「いやはや、ご家老も楮のなんたるかも知らぬ商人の口車に乗せられて困ったものじゃ。九十九平を藩が借地料を払って借り受けたいと申される。話にもなにもなり申さん」

「辰巳屋め。ご領内で手つかずの商いといえば九十九紙だけじゃからな。きゃつにしてみれば垂涎《すいぜん》ものじゃろうて」

「あのぶんでは、まだまだ一悶着ござろう」

「なんの、藩の執政どものすべてが弓削派というわけではない。案じられるな」

「わしばかりか平蔵にまで厄介をかけていただいて申しわけござらん」

「なんの、神谷どののおかげでひさしぶりに碁を堪能させていただいた」

「ふふ、平蔵め、はじめは剣だけの能なしかと思うていたが、医者もこなせば碁までたしなむとは呆《あき》れた道楽者でござるよ」

「いやいや、よい婿《むこ》どのを引きあてられて官兵衛どのも幸せ者じゃ」

監物はジロリとかたわらにいる啓之助を目でしゃくった。

「啓之助などはせっかくの縁談をうだうだとぬかしおって困ったものよ」

「父上。せっかくと仰《おお》せられますが、相手は寝牛《ねうし》どのの娘御ですぞ。しかも、わたくしより二つも年上と聞きました。牛の娘で年上とくれば……」

「なになに……」

ふいに官兵衛が横合いから口を挟んだ。

「寝牛どのというと、大目付の渋井玄蕃《げんば》どののことかの」

「そうですよ」

啓之助が口をとがらせた。

「先生もご存じでしょう。渋井さまの、あの碁盤みたいなでっかい顔、おまけに目はちっちゃくて、そのぶん鼻が威張って胡座《あぐら》をかいて」

「バカもんが」

官兵衛が一喝した。

「おぬし、渋井どのの娘御を一度でも拝んだことがあるのか」

「いいえ、しかし父御を見ればおのずと……」

「なにが、おのずとじゃ。親に似ぬ鬼っ子という諺《ことわざ》があるのを知らんのか」

「は……」

「わしを見てみい。波津と似ておると思うか」

「い、いや、とんでもない、波津どののような女子《おなご》なら、一も二もなく」

「ふふ、ふ、ならば一度、由加《ゆか》どのに会《お》うてみることだの。窈窕《ようちょう》たる美女とはあのような娘御のことをいうのであろうよ」

「え……」

啓之助、絶句した。

「まことですか、父上」

「さて、わしは会うたことがないから知らぬがの。もはや渋井どのには、静江のほうから断りをいれたのではないかな」

「ええっ、そんな……」

悲鳴をあげた啓之助、脱兎《だっと》のごとく奥に駆けだしていった。

「母上っ。どこにおられるのですか……母上」

奥のほうから啓之助の舞い上がった声が聞こえてきた。

「なんじゃ、あのざまは……」

監物は呆れ顔になって舌打ちした。

「あれでは先が思いやられるわ」

「なに、だれしも若いときは頭のなかに女子の臀《しり》がちらついてカッカするものじゃ。のう、平蔵」

「は、いや……」

どうも近頃、官兵衛はなにかにつけ、平蔵に振り付けておもしろがる。

「そろそろ日も西にかたむいてまいりましたぞ」

「おう、そうだの。どうもここに来ると長っちりになっていかん」

官兵衛、うなずいて腰をあげた。

「ま、よいではないか。ひさしぶりに一献《いっこん》かたむけて、今夜は泊まっていかれたがよかろう」

監物が引き留めたが、

「いや、一族の者にも今日の次第を話しておかねばならぬゆえ、いずれまたあらためて」

「そうか、それもそうだの」

監物は奥に向かってパンパンと手を打った。

「啓之助。官兵衛どのがお帰りじゃ。供をしてまいれ」

七

見送りに出た静江に挨拶して屋敷を出たころ、空は黄昏《たそが》れはじめていた。

夕日を右に見ながら、三人は獅子丸を先頭に馬首を並べて馬出し道を南に向かった。

「親父にいっぱい食わされましたよ。母上が渋井さまのほうに断りをいれたなどというのは嘘でした」

啓之助は上機嫌だった。

むろん、窈窕たる美女との縁談が切れていなかったとわかったからだろう。

「ほう、いつの間にやら寝牛どの呼ばわりが、渋井さまに昇格したようだの」

官兵衛が揶揄《やゆ》した。

「いや、前まえから杉内さんに渋井さまは見かけとは違う、なかなかの御仁《ごじん》だと聞いてはいたのですが、やはり、その……」

「風聞に惑わされていたというわけじゃな」

「はい」

「やはり杉内のほうが啓之助よりは上手《うわて》じゃのう」

カラカラと官兵衛は哄笑した。

「杉内とはよく会うのか」

「はぁ、たまにですが、会うと説教されるのでまいります」

「あれは剣もなかなかのものだが、人物もしっかりしておる。よい兄弟子じゃ。大事につきあうことだな」

「はい。今度会ったら渋井家に婿入りすると言ってやります。きっと、おどろくでしょうね」

「なに、耕平はとうに知っておるさ」

「え、なぜです」

「あれは監物どのばかりか、渋井どのも目をかけておられる徒目付だからの。藩内の事情は熟知しておるはずだ」

「へええ、そうだったんですか……知らなかったなぁ」

城下町をぬけたころ、黄昏はようやく薄暮に変わりはじめていた。

郊外に出ると、人の往来はバッタリ途絶える。

平蔵が来る途中、一休みした稲荷の森が黒ぐろと見えてきた。

左右にひろがる水田の稲穂が、夕闇のなかに波を打ってゆらいでいる。五、六間先を小走りに駆けていた獅子丸が、ふと足を止め、鼻を空に向けひくつかせた。

「うむ、狐でも嗅ぎつけたのかの……」

官兵衛がつぶやいたとき、夕闇を切り裂いて鋭い矢音がした。

とっさに馬上に身を沈め、官兵衛が怒号した。

「油断すな。曲者《くせもの》はあの森らしい」

官兵衛は赤夜叉に鞭《むち》をくれ、稲荷の森に向かって疾駆した。

二の矢、三の矢がたてつづけに飛来してきた。

平蔵も馬上に身を伏せ、官兵衛の後を追った。

獅子丸もまっしぐらに後を追った。

弓手はよほどの練達者らしく、矢の連射はなおもつづいた。

啓之助の馬が胸を矢に射抜かれ、転倒した。

「啓之助っ」

平蔵が馬上からふりかえると、落馬した啓之助が跳ね起きざま、刀を抜いて疾走してくるのが見えた。

官兵衛が馬上から飛びおりて稲荷の森のなかに駆けこんでいった。

弓鳴りの音が鋭く響いたかと思う間もなく、官兵衛が腿に矢を受けてつんのめった。鬼丸から飛びおりた平蔵が駆け寄って、官兵衛を抱き起こし、境内の欅の大木の陰に運んだ。

矢は左腿を射抜いて、鏃《やじり》が一寸余、後ろまで突き抜けていた。

官兵衛は欅の大木に寄りかかり、矢羽根を鷲づかみにしバシッとへし折った。

「おのれっ、闇討ちとは卑怯なっ。この下手人、草の根わけても探しだしてくれるわっ」

大喝すると、走りよってきた獅子丸の口に矢羽根を咥《くわ》えさせた。

「行けっ、獅子丸。逃すなっ」

獅子丸はガッと矢羽根を咥えると、一筋の矢のごとく境内の闇に向かって疾駆した。

「先生っ」

啓之助が駆け寄ってきたとき、境内の奥の闇のなかから黒装束の一団が殺到してきた。頭数はザッと十数人、黒い目だし頭巾をかぶり、手甲《てっこう》、脚絆《きゃはん》、足には草鞋《わらじ》を履いている。

「啓之助っ。あとを頼む」

平蔵は腰のソボロ助広を抜き放つと、阿修羅のごとく一団に向かって斬りこんでいった。数人が平蔵に立ち向かってきた。

ソボロ助広がキラッ、キラッとひらめいたかと思うと、黒い血しぶきとともに二人の黒装束が虚空をつかんでのけぞった。

「そやつにかまうなっ。狙うは官兵衛ただ一人ぞっ」

首領とおぼしき黒装束が怒号し、たちまち数人の黒装束が官兵衛に殺到していくのが見えた。

平蔵が踵《きびす》を返し、曲者の背後から突進した。

官兵衛が欅にもたれたまま迎え撃つのが見えた。

官兵衛の刃《やいば》が一閃《いっせん》したかと思うと、二人の曲者が虚空をつかんで突っ伏した。

啓之助が駆け寄り、官兵衛に突進してくる曲者に立ち向かった。

啓之助が鍔《つば》迫《ぜ》り合いに競り勝ち、曲者の肩口から肋《あばら》まで斬りおろした。

血しぶきを浴びた啓之助は官兵衛を守りながら叫んだ。

「神谷さん。ここはまかせてくださいっ」

初めての修羅場にもかかわらず、声がうわずっていない。

「よし、一人も逃すなっ」

啓之助に声をかけたとき、闇のなかで獅子丸の凄まじい咆吼が聞こえた。

「うわっ」

悲鳴とともに森のなかから弓を手にした黒装束がよろめきだしてきた。

その腕に獅子丸が嚙みついている。

「獅子丸っ」

平蔵が疾駆し、弓をつかんだ曲者の腕を肩口から肋まで斬りさげた。

「ギャッ」

虚空をつかんでのけぞった曲者の首に獅子丸が嚙みついた。

迸《ほとばし》る鮮血を浴びながらも獅子丸は曲者の首を離そうとしなかった。

「獅子丸ッ。来い」

平蔵が獅子丸とともに官兵衛のもとに駆け寄ろうとしたときである。

街道から提灯《ちょうちん》をかかげた一人の侍が境内に駆けこんできた。

提灯には違鷹羽《ちがいたかは》の定紋がついていた。侍は杉内耕平だった。

杉内は提灯を投げ出すと、啓之助が斬りあっていた曲者を、抜く手もみせず背後から斬り伏せ、官兵衛のもとに駆け寄った。

「杉内さんっ」

啓之助が喜色の声をあげた。

「おおっ、きさまは先生のそばから離れるなっ。あとはおれにまかせろ」

杉内耕平が怒鳴り返し、襲いかかってきた曲者を刺突の一撃で串刺しにした。

「ひけっ、ひけっ！」

首領らしき覆面が叫ぶなり、一団はいっせいに逃走しはじめた。

「待てっ」

啓之助が追ったが、曲者は水田の畦道《あぜみち》を縫ってたちまち闇のなかに溶けこんでいった。

「啓之助っ。もういい」

あらかじめ逃走経路を下見していたにちがいない。

平蔵は深手を負った官兵衛のほうが気がかりだった。官兵衛は欅の大木にもたれ、血刀を手にしたまま、矢をうけた左足を投げ出していた。

獅子丸が懸命に官兵衛の矢傷を舐めはじめた。

傷口をあらためた平蔵が眉を曇らせた。

「ここでは手当てのしようがないな」

「なんの、これしきの傷、どうということはないわ」

官兵衛は豪気に吐き捨てたが、顔は血の気がひいている。

啓之助が駆け寄ってきた。

「神谷さん。わたしが馬で町にもどって駕籠を呼んできましょう。ここからなら親父の屋敷のほうが近い。屋敷で手当てしたほうがいいでしょう」

「わかりました。先生の馬をお借りします」

「よし、そうしよう」

啓之助は赤夜叉に飛び乗ると、まっしぐらに駆け去っていった。

境内には倒した曲者の屍《しかばね》が散乱していた。杉内が血刀を手にしたまま境内をまわり、つぎつぎに切っ先で覆面を剝ぎ取っていった。

獅子丸が嚙みついた弓手の覆面を剝ぎ取った杉内が、

「おお、こやつは弓削の家士で、新宮達之助という弓の名手ですよ」

「なに、弓削の……」

「これで弓削家老も逃れられませんな。ほかは、すべて卍組のやつらです」

おおきくうなずくと杉内は、平蔵に笑みかけた。

「神谷平蔵どのですね。わたしは徒目付を務める杉内耕平です」

「うむ。曲門下の逸足《いっそく》だそうですな」

「いや、肝腎のときに間にあわなかったんですから鈍足ですよ」

杉内は屈託のない笑みをうかべて骸《むくろ》を見渡した。

「辰巳屋甚兵衛もバカな真似をしたもんだ。卍組を闇討ちに使えば言い逃れはきかんでしょう。これで、やつもおしまいだ」

「いや、まだ肝腎の化け物がひとり残っている」

「化け物とは……」

「古賀宗九郎という男だ。この闇討ちの仕掛け人はおそらくやつにちがいない」

平蔵の双眸がギラリと炯《ひか》った。

待つほどもなく、啓之助が駕籠をつれてもどってきた。

平蔵と啓之助が左右から官兵衛をかかえあげて駕籠に乗せた。

「わたしが先に屋敷にもどって手当ての用意をしておきます」

そう言うと、すぐさま啓之助が馬に飛び乗り、駆け去っていった。

平蔵が鬼丸の手綱をとり、杉内が垂れをおろした駕籠の後ろについて並んで歩きながら津山家に向かった。

「いずれにせよ、古賀宗九郎をこのままにしてはおけぬな」

「そうか、あいつは神谷さんにとっちゃ宿敵みたいなものですからな」

「うむ、宿敵とは……」

「ご存じなかったんですか。古賀宗九郎は去年まで、江戸の天満屋儀平という商人の片腕だった男ですよ。東軍流の遣い手だそうですが、算用にもたけていましてね。弓削家老とはそのころから肝胆相照らす仲だったそうです」

「たしか、老中の井上大和守さまや普請奉行をしていた駒井右京亮に袖《そで》の下を使っていたことが露見し、駒井家は断絶の上、右京亮は切腹し、天満屋は家財を公儀に召し上げられ、儀平は打ち首になったと聞きましたよ」

「なに、天満屋の……」

「そうか、あのときの……」

平蔵、はたと思い出した。そのころ顔をあわせたことはなかったが、昨年、名刀村正をめぐって甲州屋と天満屋が暗躍したことは記憶になまなましい。

平蔵が駒井右京亮の下屋敷に斬りこんだ発端になったのも、裏に天満屋と古賀宗九郎がからんでいたと聞いている。

「杉内どの。古賀宗九郎がどこにいるか探ってもらえまいか。あの男だけは見逃すわけにはいかん」

「わかりました。まだ高飛びはしていますまい。配下の同心に探らせましょう」

八

啓之助の知らせを聞いて、津山監物は門前に出て迎えてくれた。

平蔵が官兵衛に手を差しだしたが、

「なんの、これしきの傷、人手を借りるほどのことはないわ」

その手をふりはらい、官兵衛は一人で駕籠からおりたった。

傷口からあふれでる血で着衣の腰から下は真っ赤に染まっている。

平蔵と啓之助が左右から付き添い、奥の居間に連れていった。

居間には準備よく一面に油紙を敷きつめてあった。

官兵衛は油紙の上にどっかと腰をおろすと、左足を投げ出した。

「平蔵。このいまいましい矢をさっさと抜き取ってくれ」

「わかりました」

平蔵があらためて傷口を診ると、鏃が腿の裏まで一寸余、突き抜けている。

「啓之助。釘抜きと縫い針と釣り糸をもってきてくれ」

「わかりました」

間もなく、啓之助が釘抜きに縫い針、晒しの布、消毒用の焼酎、血止めの膏薬など手当てに必要なものを運んできた。

官兵衛を仰臥《ぎょうが》させ、腿の裏側に突き出た鏃を、釘抜きでつかみとり、ぐいと引き抜いた。噴き出す鮮血を晒しで拭いとり、手早く焼酎で両側の傷口を洗った。

その間、官兵衛はうめき声ひとつあげなかった。

綺麗に傷口を焼酎で洗いおわると、平蔵は縫い針に釣り糸を通し、両側の傷口を丁寧に縫い合わせた。血止めの膏薬を塗り、晒しの布で腿に包帯を巻きつけていたところに、波津と分家の太一郎が馬で駆けつけてきた。

「父上……」

さすがに青ざめた波津が駆け寄った。

「これしきの傷でうろたえるな。猪《いのしし》の牙にひっかけられるよりずんと軽いわ」

波津に聞くと、啓之助が駕籠を頼んだついでに早飛脚を曲家に走らせたのだということだった。

ちょうど太一郎が、昨夜の八重の治療の礼に来ていて異変を知ったらしい。

啓之助もなかなか目端《めはし》のきいたことをやる。

治療をおえた平蔵は、あとを波津にまかせ、縁側に出て一息いれた。

太一郎が出てきて、かたわらに佇《たたず》んだ。

「神谷さま。闇討ちの黒幕は辰巳屋甚兵衛ですか」

「いや、辰巳屋甚兵衛も一枚嚙んでいるだろうが、張本人は弓削内膳正と、古賀宗九郎という男です」

「どうするおつもりです」

「弓削は藩の仕置きにまかせるとしても、古賀宗九郎というやつだけは野放しにしておくわけにはいかんでしょう」

平蔵は凛《りん》とした眼差しを太一郎に向けた。

「いま、徒目付の杉内どのに古賀の居所を探ってもらっています」

「神谷さま。わたくしもお供しますよ。本家が闇討ちになったのを分家がほうっておいては夜叉神一族の面目が立ちませんからね」

太一郎がニコリとしたときである。廊下をまわって杉内耕平がやってきた。

「いま、古賀宗九郎は弓削家老といっしょに、辰巳屋や卍組の残党と紅梅町の葛西家にいるそうです」

「そいつはいい。家老屋敷に潜まれていては面倒だからな」

「では、神谷さま……」

太一郎がほほえんだ。

「波津どのには黙っていたほうがいいでしょう」

「うむ。啓之助もせっかく婿入り先がきまったばかりだ。またぞろ危ない橋を渡らせては監物どのにも申しわけがない」

杉内がにんまりして平蔵を見あげた。

「では、御門前で……」

そうささやくと杉内は、たちまち裏庭の闇に消えていった。

「ひどいなぁ。おれを置いてきぼりにするつもりですか」

ぼやきながら啓之助がぬっと廊下に出てきた。

「ガキはおとなしくションベンして寝ていろ、ですか」

「いや、おまえは……」

「神谷さん。おれがここでひっこんでいたら、それこそ窈窕たる美女から愛想づかしされてしまいます」

「ふふ、わかったよ。監物どのに断ってこい」

「そうこなくっちゃ」

九

四半刻後、平蔵は太一郎、杉内、啓之助の三人とともに葛廼家に向かった。

見張りをしていた杉内配下の同心が物陰から姿を現し、ささやいた。

「やつらは奥の蛍月の間にいます。古賀宗九郎と辰巳屋甚兵衛、それに卍組の残党が十数人、どうやら闇討ちがうまくいったと思っているようです」

杉内が平蔵たちにささやいた。

「わたしが案内します」

するすると杉内が葛西家のなかに忍びこんでいった。

紅梅町でも屈指の料理茶屋である葛西家の庭は深い闇に包まれていた。

深い木立の奥に泉水の水面が鏡のように光っていた。

泉水の向こうに瓦葺《かわらぶ》きの大屋根が見えた。

障子を開けはなった蛍月の大広間には惜しげもなく燭台《しょくだい》の灯りがともされ、酒宴が催されていた。

上座に弓削内膳正と宗九郎の顔が見えた。辰巳屋甚兵衛や卍組の侍が左右にずらりと居並んでいる。

「達之助が官兵衛を射止めたというのはたしかだろうな」

弓削が天谷八郎に念を押す声がした。

「はっ。太腿に深手を負ったことはまちがいございませぬ。当座は身動きもできますまい」

「ならばよし、残るは神谷平蔵とか申す居候《いそうろう》だけだの」

「はい。内弟子たちは生家にもどされたそうですから、曲屋敷には神谷平蔵のほかにはこれといった剣士はおりますまい」

「ならば明日の夜にも卍組を差し向け、曲家に押し込み、始末せよ。火をかけて焼き払ってもかまわぬ。官兵衛が動けぬうちに片付けることだ。あとのものはなんとでもなろう。騒げば郡代に命じ、領内治安のためという名目で一族の者を捕縛させる。あとは紙漉の職人どもだけじゃ。どうということはあるまい」

「かしこまりました」

辰巳屋甚兵衛は満面に笑みをうかべて追従《ついしょう》した。

「これで曲一族は青菜に塩でしょうな」

どうやら、今夜は無礼講らしく、座敷女中は卍組の侍たちに抱きすくめられ、口を吸われたり、乳をなぶられたりして嬌声《きょうせい》をあげていた。

ふいに廊下の襖を蹴倒して、平蔵たちが広間に躍り込んできた。

「な、なんだ。きさまらは……」

「おのれっ」

「かまわぬ。一人残らずたたっ斬ってしまえっ」

卍組の侍たちは抱えこんでいた女中を突き飛ばし、刀に手をのばすと猛然と立ち向かってきた。

古賀宗九郎は素早く刀を抜き放つと、弓削を庇《かば》って身構えた。

平蔵の前にサッと天谷八郎が立ちふさがった。

「神谷平蔵だな。いずれは、きさまと刃をあわせることになると思っていた」

さすがに卍組の頭領だけあって、ぴたりと腰の据わった構えだった。

「ほう、新陰流か……なかなかの腕のようだが、一廉《ひとかど》の武士が商人の用心棒になって恥ずかしくはないのかね」

「だまれっ。沖山甚之介の仇《あだ》を討ってくれるわ」

猛然と畳を蹴り、上段から刃《は》唸《うな》りのする凄まじい一撃をふりおろしてきた。

平蔵は余裕をもってかわし、存分に胴を薙《な》ぎ払った。

「ううう……」

天谷八郎は血しぶきをあげて襖に突っ込み、廊下に飛びだしたまま絶命した。

頭領が手もなくやられたのを見て、卍組の侍は浮き足だった。

さすがに官兵衛から無外流の免許を受けただけあって、太一郎の剣は杉内耕平を凌《しの》ぐ剛剣だった。

たちまち広間は卍組の阿鼻叫喚《あびきょうかん》の坩堝《るつぼ》と化した。

残った者も戦意を失い、我先に庭に飛びだしていった。

その眼前に「違鷹羽」の定紋をつけた高張り提灯がずらりと並んでいた。

葛西家の門前で馬に乗った巨漢の侍が大音声《だいおんじょう》で叱咤した。

「静まれっ、静まれ。大目付渋井玄蕃である」

渋井玄蕃が頭上にヒラヒラと書状をかざしてみせた。

「江戸表の殿より届いた上意の書状である。弓削内膳正、辰巳屋甚兵衛、長年にわたり共謀し、藩政を壟断《ろうだん》、私腹を肥やしてきたことが明白となった。神妙にいたせっ」

渋井がサッと采配をふるい下知《げち》した。

「刃向かうものは容赦なく斬り捨てよ」

突き棒や刺股《さすまた》などの捕縛道具を手にした捕り方がいっせいに突入してきた。

逃げまどう卍組の侍が、つぎつぎに追いつめられ、縄をかけられていった。

広間のなかに残ったのは弓削内膳正と古賀宗九郎、それに辰巳屋甚兵衛の三人だけになった。弓削内膳正と辰巳屋甚兵衛は呆然自失し、座りこんだまま身じろぎもしなくなったが、一人、古賀宗九郎だけは刀を構えたまま、広間の中央に身を移し、平蔵と対峙《たいじ》した。

「神谷平蔵。きさまのおかげで千石船を操って大海原に乗り出す夢は消えたが、きさまを冥土の道連れにしてやろう」

「あいにくだが、きさまのような悪党と道連れになるのは真っ平御免だ」

平蔵はソボロ助広をだらりと右下段におろした。

「義父《ちち》直伝の風花の太刀を受けてみるがよい」

平蔵の双眸は茫洋《ぼうよう》としていてとらえどころがない。

姿を見ずして気配のみを感知し、無心に剣をふるう。

これが風花の太刀の極意である。

宗九郎はしばらくするうちに焦燥《しょうそう》を覚えたらしく、じりじりと間合いをつめてきた。しかし、依然として平蔵は右下段にだらりと剣先をさげたまま、身じろぎもしなかった。

さすがに東軍流の免許皆伝を受けた剣客だけあって、古賀宗九郎の構えには微塵《みじん》のスキもなかったが、居合いを得意とする宗九郎が先に刀を抜いてしまっては勝機は見いだせない。宗九郎の表情に次第に焦りの色がうかびはじめたとき、平蔵は右下段の剣先をすっと左上段に移し、誘いのスキを見せた。

それを待っていたように、宗九郎が鋭く畳を蹴って躍りこんできた。

一閃、平蔵のソボロ助広が宗九郎の右の肩を存分に斬りさげていた。

平蔵の刃がどこをどう奔《はし》ったのか、だれの目にもわからなかった。

宗九郎はタタタタッと二間余を、たたらを踏んで走ったが、そのままつんのめるように突っ伏してしまった。あふれだす血の海のなかに頬を埋めた宗九郎は、双眸をカッと見ひらいたまま絶命した。

平蔵は何事もなかったかのように懐紙《かいし》をとりだし、ソボロ助広に拭いをかけると鞘《さや》に収めた。

その瞬間、弓削内膳正が悪鬼のごとき形相で平蔵の背後から斬りつけてきた。

「おのれっ」

転瞬、平蔵はスッと身を沈め、ソボロ助広を鞘走らせると、ふりむこうともせず、弓削内膳正の胴を横ざまに薙ぎ払った。

「うっ……」

しばらく棒立ちになったまま、弓削内膳正はカッと双眸を見ひらいたが、二、三歩よろめくと、朽ち木を倒すがごとく古賀宗九郎の屍に覆いかぶさるように突っ伏した。

広間にいた者はだれもが、寂《せき》として声を呑んだまま、しばらくは身じろぎひとつしなかった。

十

風花峠は晩秋の鮮やかな紅葉に染められていた。

神谷平蔵は菅笠をかぶり、官兵衛から贈られた黒無地の小袖にカルサン袴《ばかま》をつけ、水筒がわりの瓢簞《ひょうたん》とソボロ助広を腰に帯び、鹿の裏皮の足袋《たび》に草鞋を履いた旅装だった。

かたわらに藍微塵の袷《あわせ》に黄色に朱色の横縞がはいった帯を締め、裾を軽くからげ、白い脚絆に白足袋、草鞋履きという旅装の波津が連れ添っている。

髪はいつものように洗いっぱなしで赤い紐《ひも》で束ねていたが、背中に着替えや薬などをいれた風呂敷包みを背負っていた。

平蔵が背負うと言ったが「平蔵さまに風呂敷包みなどしょわせるわけにはいきませぬ」と言い張ってきかなかったのだ。

――ジャジャ馬にしては殊勝なことを言う。

と思ったが、いずれ江戸暮らしに馴れてくると地金が出て、亭主をこき使うような予感がしないでもない。

九十九の里は、いまが楮の刈り入れどきである。

曲家も多忙な時期だが、雪の降りはじめる前に出立しろと官兵衛にせかされたし、兄の忠利からの文で「屋敷で祝言《しゅうげん》を挙げてやるから、早く嫁を見せにこい」とあったので後ろ髪をひかれつつ曲家に別れを告げたのである。

官兵衛の足の矢傷は治癒したが、まだ少し足をひきずっている。

岳崗藩では隠居した大殿の忠高が帰国し、弓削家は家禄召し上げの上、家族は領外追放になり、辰巳屋は家財没収の上、甚兵衛は打ち首になった。

津山監物が中老に抜擢され、藩政の中軸となった。

杉内耕平は徒目付から江戸屋敷の目付に昇進し、啓之助は寝牛の渋井玄蕃の娘と婚約がととのい、来春には婿入りして渋井啓之助になる。平蔵に会うたび窈窕たる許婚《いいなずけ》の惚気《のろけ》ばかり囀《さえず》っていて手がつけられなかった。

藩から道中手形はもらってきたが、できれば名物の風花を見たいと思い、風花峠越えの街道をえらんだのだ。

ところが幸か不幸か、絶好の快晴で風花どころか汗ばむほどの陽気だった。

吊り橋の手前で一息いれ、瓢箪の水で喉をうるおした。

「平蔵さま、今夜は出湯《いでゆ》につかってゆっくりいたしとうございますね」

波津が、らしからぬ科白《せりふ》を口にした。

「この峠をくだったところに産砂《うぶすな》の湯という湯宿がございます。分家の千香さまもその湯に湯治にまいられて赤子《やや》をもうけられたと聞きましたの」

「ははぁ、さては、出湯のほかにも何やら目当てがありそうだの」

波津が「存じませぬ」と赤くなって、吊り橋に向かって駆けだしていった。

ここの吊り橋は眼下数十丈の断崖絶壁に架けられている。

たちまち波津はおおきく揺れる吊り橋の上でしゃがみこんで悲鳴をあげた。

なんとも手のやけるジャジャ馬ではある。


（ぶらり平蔵　風花ノ剣　了）

参考文献

『江戸あきない図譜』　高橋幹夫著　青蛙房
『江戸生活事典』　三田村鳶魚著・稲垣史生編　青蛙房
『江戸っ子は何を食べていたか』　大久保洋子監修　青春出版社
『鍼灸の世界』　呉澤森著　集英社新書
『大江戸おもしろ役人役職読本』　新人物往来社・別冊歴史読本
『刀剣』　小笠原信夫著　保育社カラーブックス
『大江戸八百八町』　石川英輔監修　実業之日本社
『日本の家紋』　辻合喜代太郎著　保育社カラーブックス
『続　日本の家紋』　辻合喜代太郎著　保育社カラーブックス
『御江戸絵図』　須原屋茂兵衛蔵板

コスミック・時代文庫

ぶらり平蔵《へいぞう》
決定版⑧風花ノ剣

2022年6月25日　初版発行

【著者】
吉岡《よしおか》道《みち》夫《お》

【発行者】
相澤　晃

【発行】
株式会社コスミック出版
〒154-0002 東京都世田谷区下馬 6-15-4
代表　TEL.03(5432)7081
営業　TEL.03(5432)7084
FAX.03(5432)7088
編集　TEL.03(5432)7086
FAX.03(5432)7090

【ホームページ】
http://www.cosmicpub.com/

【振替口座】
00110-8-611382

【印刷／製本】
中央精版印刷株式会社

ISBN978-4-7747-6386-6 C0193

COSMIC 時代文庫

吉岡道夫の超人気シリーズ

傑作長編時代小説

医師にして剣客！

「ぶらり平蔵」決定版［全20巻］刊行中!

ぶらり平蔵 決定版⑤

椿の女

定価●本体660円＋税

ぶらり平蔵 決定版⑥

百鬼夜行

定価●本体660円＋税

絶賛発売中!

お問い合わせはコスミック出版販売部へ!
TEL 03(5432)7084